中华

ZHONGHUA

魂

ZHONG HUA HUN

百部爱国故事丛书

为宪法流血的第一人

——民主斗士宋教仁

苑宏光　编著

吉林人民出版社

图书在版编目（CIP）数据

为宪法流血的第一人 : 民主斗士宋教仁 / 苑宏光编
著 . — 长春 : 吉林人民出版社 , 2011.3 （2021.8 重印）
（中华魂·百部爱国故事丛书）
ISBN 978-7-206-07529-2

Ⅰ . ①为… Ⅱ . ①苑… Ⅲ . ①故事—中国—当代
Ⅳ . ① I247.8

中国版本图书馆 CIP 数据核字 (2011) 第 032589 号

为宪法流血的第一人
——民主斗士宋教仁
WEI XIANFA LIUXUE DE DIYIREN
　　——MINZHU DOUSHI SONGJIAOREN

编　　著 : 苑宏光
责任编辑 : 张　娜　　　　　封面设计 : 孙浩瀚
制　　作 : 吉林人民出版社图文设计印务中心
吉林人民出版社出版 发行 (长春市人民大街7548号　邮政编码 : 130022)
印　刷 : 北京一鑫印务有限责任公司
开　本 : 787mm×1092mm　　1/16
印　张 : 8　　　　　字　数 : 64千字
标准书号 : ISBN 978-7-206-07529-2
版　次 : 2011年3月第1版　　印　次 : 2021年8月第2次印刷
定　价 : 35.00 元

总　序

　　《中华魂》是一套故事丛书。它汇集了我国自鸦片战争以来一百八十余年间的近百位民族英雄、仁人志士、革命领袖、先进模范人物的生动感人事迹，表现了他们作为中华儿女的伟大的爱国主义精神。

　　爱国主义是人们对于"生于斯、长于斯、衣食于斯"的祖国的一种神圣感情，是人们对于自己民族的一种强烈的责任感和使命感，是感召和激励整个中华民族的一面永不褪色的旗帜。在一百多年的中国近现代史上，爱国主义一直激励着中华儿女为祖国的独立、统一、进步和繁荣而英勇奋斗。从"苟利国家生死以，岂因祸福避趋之"的林则徐，到"我自横刀向天笑，去留肝胆两昆仑"的谭嗣同；从"铁肩担道义，妙手著文章"的李大钊，到"青春换得江山壮，碧血染将天地红"的赵一曼；从"县委书记的好榜样"的焦裕禄，到"问鼎长天，扬我国威"的邓稼先……都表现出了强烈的爱国主义精神。正是由于热爱祖国的人们前仆后继地奋斗，国家和民族才得以生存，才能够在一次次历史危急关头转危为安，走向兴盛和富强，从而屹立于世界民族之林。爱国主义是鼓舞中华儿女历经忧患、跨越沧桑、百折不挠、自强不息的伟大力量，它贯穿于中华民族的整个历史，并有力地凝聚着五洲四海的中国人。

爱国主义是一个历史的范畴，在社会发展的不同阶段、不同时期有不同的具体内容。革命时期，需要我们为祖国的独立自主出生入死；建设时期，需要我们为祖国的繁荣富强增砖添瓦。在全国各族人民团结一心，开启全面建设社会主义现代化国家新征程的今天,我们要争做一名新时期的爱国者。新时期的爱国者要有强烈的民族自尊心、自豪感。民族自尊心、自豪感是任何时期、任何爱国者都必须具备的情感。民族自尊心能增强我们自立向上的恒心,民族自豪感能树立我们建设祖国的信心。要树立"祖国高于一切"的崇高信念,为了祖国和人民的利益不惜抛却个人的利益,甚至不惜牺牲个人的生命。我们要树立终身学习的理念,拓宽自己的知识面,广泛吸收新知识、新技术,完善自身的知识结构,更新学习知识的方法与理念,从思想上、知识上充分武装自己,为祖国的繁荣昌盛贡献力量。

　　爱国主义思想的继承和发扬,是关系到民族盛衰、国家兴亡的根本问题。爱国主义思想情操的形成,需要不断地培养。培养爱国主义精神的一个重要途径是向英雄人物和典范事迹学习和致敬。这套丛书的出版,对于青少年向英雄和先进人物学习,特别是对于在中小学生中进行爱国主义教育是不可多得的生动的教材。祝愿此书出版发行成功,为培养时代新人做出贡献。

胡维革

编 委 会

海门潮正涌，

我欲挽强弓。

——宋教仁

目　录

中华**魂**百部爱国故事丛书
ZHONGHUA HUN

宋教仁简介

宋教仁（1882 年 4 月 5 日—1913 年 3 月 22 日），字遁初，号渔父，汉族，湖南桃源人。1913 年被暗杀于上海，享年 32 岁。中国伟大的民主革命先行者、中华民国的缔造者，是中华民国初期第一位倡导内阁制的政治家。在近代中国制定第一部真正的"良宪法"，建立资产阶级民主共和制度，实现"人治"到"法治"的转变为宋氏毕生所追求的目标，他的法律思想也正是在这一过程中得以形成，并在其整个人生思想脉络体系中占据重要的地位。22 岁留学日本为其法律思想之滥觞，及至辛亥首义、民国甫定，其法律思想渐次成形并不断地付诸革命和建设的实践中，声誉鹊起，他被当时的革命党人"目之为中坚人物，奉其政策为圭臬"，一时成为民初政坛叱咤风云的人物。

为宪法流血的第一人

东渡日本　筹建同盟会

　　1903年12月的一天，一艘日本商船发出一声低沉的吼鸣，缓缓地驶离了上海吴淞口码头。天阴沉沉的，云层压得很低，海水蓝蓝的，远看上去有点发黑，这云与海水仿佛构成了一张巨大的黑洞洞的大口，而轮船正驶向那口的深处。甲板上一个20岁刚出头的青年正目不转睛地凝望那海天汇合处，他的目光里有茫然，也有执着，有质疑，也有悲愤，又像是黑暗中熊熊燃烧的两团火，是从心底里升腾出来的复仇的火焰，是由灵魂深处迸发出的希望之火。清凛的海风肆虐地抽打着他那不算强壮的身躯，撕扯着他的头发，刮过他那张棱角分明的面庞。这时从

宋教仁

他紧抿着的嘴角里吟诵出两句诗来："谋自由独立于湖湘之一隅兮，事竟败于垂成"，"则欲完我神圣之主义兮，亦惟有重展"。这两句话是什么意思？原来说的是："在湖南的一个地方谋求独立和自由，却在即将成功的时候失败了"，"要想实现我们神圣的主义，也只有重新奋斗啊！"

这个年轻人是谁？他为什么吟诵出这样的诗呢？

他就是中国近代著名的资产阶级革命家——宋教仁。

宋教仁1882年4月5日出生在湖南省桃源县香冲村一个富裕农民的家里。他4岁入私塾读书，学习用功，进步很快。宋教仁的家乡山峦起伏、溪流环绕，景色宜人，使他从小就萌发了对祖国大好山河的无限热爱，而外国侵略者的入侵和满清政府的软弱无能，却又在他那明亮的心田上投下片片阴影。

19岁那年宋教仁考中了秀才，但他对科举之路毫无兴趣，日益腐败的清政府，让他越来越感到厌恶。1903年初，宋教仁考入张之洞创办的新学堂——文普通学堂。省城的生活扩大了他的视野，他大量阅读西书，很快把西方先进制度与封建王朝对立起来，产生了强烈的反清革命思想。

这年秋天，黄兴从日本回到武昌，在两湖书院发

宋教仁著作

《我之历史》，六册，1920年湖南石印本

《二十世纪之支那》，一册，1905年5月东京铅印本

《醒狮》，四册，1905年9月东京创刊

《民报》，二十六册，1905年11月东京创刊

《间岛问题》，六册，1908年上海初刊本，1914—1916年地学杂志重印本

《民立报》，六册，1910年10月11日创刊，上海印行

《比较财政学》，日本小林丑三郎原著，宋教仁译，1911年上海印行

表演说，散发邹容的《革命军》和陈天华的《猛回头》。宋教仁得到这个消息高兴万分，设法结识了黄兴，并参加了华兴会和黄兴组织的长沙起义。

但这次起义还没有举行就因为消息走漏而遭到破坏，清政府正在通缉他。于是他被迫流亡日本，寻求救国救民的真理。

1903年12月13日，他来到了东京，由于他天生的组织能力和才华，很快成了留日中国学生中的最有影响的人物。当时的东京是中国革命党人活动的中心，国内许多革命团体的骨干力量如陈天华、秋瑾、章太炎等人都聚集在这里。宋教仁积极投身到革命洪流之中，为了加强革命宣传，他和田桐、张步青等发起组

为宪法流血的第一人

织了"二十世纪之支那"社，创办了《二十世纪之支那》杂志。

1905年7月，伟大的革命先行者孙中山先生从欧洲重返日本，通过宫崎寅藏的介绍，首先在东京的中国餐馆凤乐园约见了黄兴，接着又通过程家柽的联系，在《二十世纪之支那》社和宋教仁等人共商革命大事。

宋教仁的心情十分激动，因为孙中山先生的名字在他的心目中占有非常重要的位置，孙中山先生在不平凡的革命生涯中的许多动人事迹他都知道，早就盼望着能一睹这位伟大革命者的风采，今天能如愿以偿并能与他协商革命前途的大事，宋教仁怎能不激动和兴奋呢！

这时孙中山先生由黄兴、宫崎寅藏等人陪同已健步走进社里，宋教仁等人连忙站起，并快步迎上去紧紧地握住孙中山先生的手，程家柽介绍说：

"这位就是宋教仁

宋教仁

先生。"

孙中山一边握住宋教仁的手，一边打量了他说：

"久闻遁初（宋教仁字）大名，果然气度不凡，年轻有为，将来必为革命栋梁，今日相见，真乃三生有幸啊！"

此时的宋教仁像磁铁一样地被孙中山吸引住了：只见他，气宇轩昂，浓浓的眉毛下闪烁着一双充满无穷智慧的大眼睛，表情严肃、刚毅，天生的一副伟人气质，真是百闻不如一见啊！

"我们想先生盼先生久矣，今天在异国他乡有幸聆听先生教诲，还请先生多多赐教！"宋教仁由衷地说道。

落座后，孙中山与黄兴、宋教仁等人就当前的革命形势及成立一个大的革命团体等问题进行了深入而热烈的讨论。孙中山分析说：

"现在，满清政府的统治十分黑暗腐败，对内残酷镇压和剥削，对外则屈膝投降软弱无能，人民生活在水深火热之中，反清反帝情绪十分高涨！"

"是啊！我看满清政府是兔子尾巴长不了了！"黄兴插话道。

宋教仁沉思着说：

"依我拙见，这种形势对革命党人十分有利，我

黄兴雕塑

天下為公

孫文

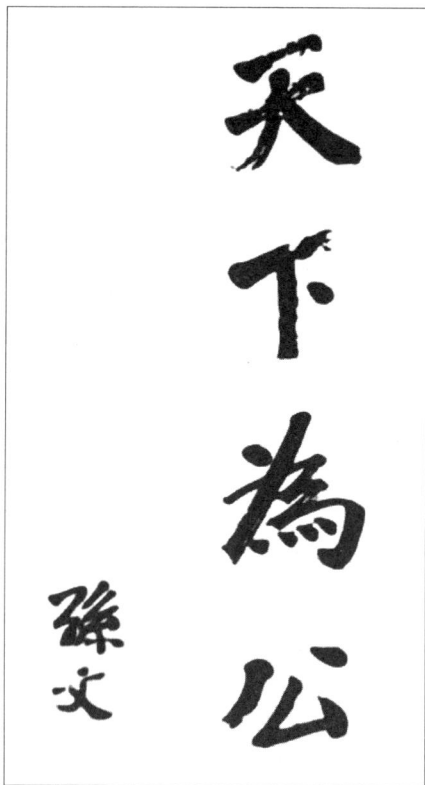

们有必要组织起来，团结一致，也好有力量和清政府斗争。"

孙中山赞许地点点头，微笑着说：

"遁初之见甚合我意，真是英雄所见略同啊！其实，我此次回日本，主要任务就是想把你们这些革命精英组织到一起，成立一个全国性的革命团体，壮大革命力量，没想到我们竟想一块儿去了，真是太好了！"

一时间，你说一句，他讲一句，就这个团体性质、任务、名称、纲领等一系列问题各自发表了自己的见解，气氛十分和谐热烈。

在听了大家的讨论后，孙中山最后总结说：

"各位提的建议都很好，我们这个团体的名称就叫'中国同盟会'吧。今天已经很晚了，咱们是否召

——为宪法流血的第一人

——民主斗士宋教仁

开一个筹备会，把在日本的同志都召集来，你们认为如何？"

大家一致赞成这个意见，并定在7月30日召开。

筹备会如期于7月30日在东京赤坂区桧町三番黑龙会内田良平的住宅举行。参加会议的一共有七十多人，孙中山先生做了演讲，黄兴做了关于成立同盟会的说明，之后与会者全部填写了姓名，举手宣誓，正式办理了入会手续。会上选出了8名章程起草员，其中就有宋教仁。

8月20日下午，中国同盟会在赤坂区灵南坂日本国会议员阪本重弥的住宅内召开了正式成立大会，约有一百多人参加了会议。会上一致推举孙中山为总理、黄兴为执行部庶务科总干事（相当于协理），协助总理主持日常工作，宋教仁被推举为司法部检事长。

为了扩大革命影响，制造声势，宋教仁又与黄兴等人为孙中山举办了一次隆重的欢迎大会。大会在麹町区富士见楼举行，参加人员主要是中国留学生和日本友人，人数达到一千三百多人，盛况空前。这天，宋教仁身穿笔挺的黑色西装，雪白的衬衣扎着领结，皮鞋擦得又黑又亮。他精神抖擞地走上讲台，开始主持这次盛会：

"各位同胞，各位友人，今天我们在这里举行盛

驅除韃虜恢復中華

創立民國平均地權

为宪法流血的第一人

——民主斗士宋教仁

会，欢迎我们最崇敬的革命先行者孙中山先生的到来！"会场响起热烈的掌声和欢呼声。

"孙中山先生多年来一直致力于寻求救国救民的真理，他不怕砍头，不畏强权，反动的满清政府害怕他，通缉他，致使他有家不能归，有国不能回，过着颠沛流离的逃亡日子……"场上全体与会人员群情激愤，被宋教仁那极富渲染力的话语感染着，并高呼：

"推翻清政府！"

"拥护孙先生！"等口号。

宋教仁接着说：

"但是，孙中山先生没有被吓倒，没有屈服，他的革命活动一如既往，并且得到了越来越多的国人和国际友人的同情和支持，更多的革命者团结在他的周围，我就是其中的一个，我相信，每一个爱国者，每一个正义的中国人都会紧密地团结在他的周围，那样我们的力量就会越来越壮大，我们的革命就大有希望，就一定能够取得最后的胜利！

会场上的气氛已经非常的热烈，很多人已经摩拳擦掌，跃跃欲试了。

宋教仁不失时机地向大家高声说道："现在，孙先生就在会场，就在我们中间，我们请他给我们演讲好不好啊？"

宋教仁恰到好处地掌握了会场的节奏，一句话便把大会推向了高潮，此时，很多人流下了激动的泪水，更多的人把手都拍红了，嗓子喊哑了，他们的革命热情已完全像火山一样崩发出来。

孙中山在此起彼伏的掌声和欢呼声中进行了长达

一个半小时的即兴演讲。

孙中山讲演刚一结束，日本友人宫崎寅藏就情不自禁地登上讲台，怀着十分激动的心情说：

"今天能出现这样热烈的场面，真是没有想到啊！我真是太激动了，太受感动了……"稍稍稳定一下情绪，他接着说：

"往次孙先生到日本来宣传革命，表示同情和支持的人只有我们为数不多的几个人，而有那么一部分中国人对孙先生躲还躲不及呢！今天看到有这么多的人支持孙先生的革命主张，我真是从心里替孙先生高兴，也替中国人民感到欣慰啊！中国有希望，中国革命大有希望啊！"

此次欢迎会在宋教仁等人的努力下，开得十分成功，实际上开成了一个革命誓师大会，达到了团结同志，振奋革命精神的目的。

为了适应革命的需要，宋教仁除了刻苦学习以丰富自己的科学文化知识以外，还特意到日本体育会馆学习徒走操、兵式操和骑马术。1905年4月7日，他来到体育会练习骑马术。体育会教员见他长得并不高大魁梧，就特意给他挑了一匹比较矮小的马。宋教仁一看，马上对他说：

"你为什么给我牵来一匹这样的小马？"

"我觉得你只适合骑这样的马。"教员不屑一顾地说。

宋教仁觉得自尊心受到严重的损伤，坚决地说：

"请你不要以貌取人，你们日本人比我还要矮小为什么能骑高头大马，我比你们要高大怎么就不能骑西洋马?"

教员被问得理屈词穷，同时也被宋教仁的英雄气概所压倒，只得给他换了一匹马。

新牵来的是一匹浑身雪白的又高又大的西洋良驹，这马也示威似的向宋教仁长嘶了一声，刨蹄甩尾，那位教员见此情景，得意地笑着把缰绳扔给宋教仁，站

在一边要看他的笑话。

宋教仁心里也没有底，这样的高头大马，别说骑在它的背上纵横驰骋，就是驯服它也是十分困难的。但要革命就不能怕流血牺牲，连一匹洋马都不敢骑，将来怎么在战场上冲锋陷阵呢？于是，他牙一咬，心一横，一个箭步跃上马背，双腿用力一夹，这匹马猝不及防，被激怒了，发疯般又蹦又跳，想把背上的人掀下去，但宋教仁凭着一身勇气，像粘在上面一样，愣是没被甩下来。这匹马一看这一招不起作用，就撒开四蹄，飞快地向前冲去，宋教仁就觉得耳边风呼呼响，他紧紧地贴在马背上，连眼睛都睁不开了。在一个拐弯处，这匹马冷丁一个急停，由于惯性太大，加上宋教仁没有经验，也没有心理准备，嗖的一声从马头处射了下来，重重地摔在地上。这一下可摔得不轻，只见宋教仁在地上翻了几个个儿以后躺那不动了，而这匹马好像一个胜利者一样，昂着头，踏着碎步，在校场上蹓跶着。而那个日本教员则在一旁幸灾乐祸地用鼻子哼了一声，那意思是说：瞧你那模样，还不服气，摔了活该！

这时和宋教仁一起来的同学们急忙跑过去，想把他搁起来，送往医院。

其实，宋教仁很清醒，他在摔下来的一刹那，顺势翻了几个跟头，所以没有伤筋动骨，只是擦破点皮肉而已。他躺在那儿，是想休息一下，总结经验。

所以当同学们劝他上医院时，他摆摆手微笑着说：

"没关系，你们不用担心，我没事的！"说着就支撑着站了起来。其中一个同学劝道：

"我看今天就算了，咱们回去吧，养一养伤，过几天再说吧！"

"不行！今天我一定要把它驯服，再者说，也不能让那些不怀好意的日本人看咱们的笑话啊！"宋教仁断然地说。他就是这么个犟脾气，凡决定做的事，就

非干到底不可。

"那你再摔下来怎么办?"另一个同学好心地说。

"就是再摔下来十次我也要练,只要我能上得去马,就要练到底。现在多摔几下,是为了将来到战场上不摔下来,只有练好了骑术才能多杀敌人啊!"

宋教仁

宋教仁意味深长的话语使周围的人都很感动。就这样,他又开始了马术练习。

整个上午,也不知道他被摔下来几次,他已经浑身是伤,而那匹西洋良马也已累得气喘如牛,再也神气不起来,而是十分顺从地任由宋教仁指挥,完全被他所驯服了!在场的人都被他这种坚韧不拔的精神所感动,纷纷挑起大拇指啧啧称赞。

民国时期

那个日本人的表现就更有意思了,此时的他简直和开始判若两人,只见他一溜小跑,来到宋教仁身边,

深深地给宋教仁鞠了一躬,那角度,肯定超出了90度以上,并且恭维地说:

"宋先生,你真了不起。十分愿意为您效劳,你再来,一定给你挑选最好的马!"接着又是几个鞠躬。并且从宋教仁手里接过缰绳,把宋教仁重新扶上马,由他牵着,挺起"鸡胸脯",那架势,好像宋教仁给他争了什么光似的。

宋教仁就凭着这股劲头儿,驯服了良马,也折服了瞧不起他的日本人,更为中国留学生们争了一口气。这件事很快传开,成为佳话。

20世纪初的日本,无论是工农业生产的发展,城市建设与管理的进步,人们思想的开放,还是社会风气的改变,都远远超过了落后的中国。初到日本的宋教仁感到目不暇接,他在参加革命活动的同时,以极大的毅力努力学习新思想、新知识,开辟着自己的新天地。宋教仁先入顺天中学学习日语和英语,然后进入法政大学学习政治、法律。为了使国人也能了解西方的思想文化,他在紧张的革命活动和听课之余,还大量地撰写文章、翻译西书,这不仅扩大了对资本主义先进政治、文化的宣传,也增进了他对各国政治状况的了解,为他日后从事政治斗争打下了坚实的基础。

宋教仁生平纪年

1899 年 入读桃源漳江书院

1901 年 中秀才

1902 年 赴武昌投考美国圣公会文华书院（现华中师范大学），被录为第一

1903 年 8 月 结识黄兴，成为挚友，不满清政府统治，倾向革命

11 月 4 日 偕黄兴、刘揆一、陈天华、章士钊共同成立华兴会

1904 年 2 月 25 日 华兴会在长沙西园正式成立，选黄兴任会长，宋教仁为副会长

7 月 在武昌发起创建"科学补习所"

11 月 计划在长沙进行起义反抗清朝政府，但事泄未遂，潜赴日本

12 月 13 日 抵达日本

1905 年 6 月 创办革命杂志《二十世纪之支那》；入读日本法政大学

8 月 支持孙中山在日本东京成立同盟会，并

当任其司法部检事长；将《二十世纪之支那》改为同盟会的机关报《民报》

1906年 曾一度回中国，有意在东三省建立反清政治力量，但不久就再次去日本

1907年 黄兴赴安南谋举事，荐宋教仁代理同盟会庶务，主持同盟会日常工作，参与一切机密

1910年 返回中国

1911年 宋教仁到上海组织反清运动，赴香港参加广州起义的准备工作

10月10日 武昌起义爆发后，10月28日与黄兴一同抵达武昌，参加革命政府的法律工作，

参与起草《鄂州临时约法草案》

11月13日 离开武昌，赴上海

12月初 抵达南京

1912年1月1日 中华民国在南京成立，被任命为法制院院长，起草了一部宪法草案《中华民国临时政府组织法》

4月27日 出任唐绍仪内阁的农林总长

7月 因不满袁世凯破坏《临时约法》，辞去农林总长之职

7月21日 当选为同盟会总务部主任干事，主持同盟会工作

8月25日 国民党成立，当选为理事，并受孙中山委为代理理事长

1913年 领导国民党获国会压倒性多数席次

3月20日 宋教仁在上海火车站（老北站，现上海铁路博物馆）遇刺，两天后身亡。袁世凯被怀疑为背后指使刺杀的主谋。

宋教仁名言

　　写致欧阳俊民、曹德民信一纸，约五千言，大抵言此间一切情状，及答前书问留学以何科学为好一节，余言皆视乎一己之志愿如何，吾此身愿为华盛顿、拿破仑、玛志尼、加尼波的乎？则政治、军事不可不学也；吾此身愿为俾斯麦、加富尔乎？则政治、外交不可不学也；吾此身愿为纳尔逊、东乡平八郎乎？则海军不可不学也；吾此身愿为铁道大王、矿山大王乎？则实业不可不学也；吾此身愿为达尔文、牛董、马可尼乎？则科学不可不学也；吾此身愿为卢梭、福禄特尔、福泽谕吉乎？则文学、哲学不可不学也。若一己目的未定，茫茫无据，但以志愿将就学问，不以学问将就志愿，必至所学非所用，所用非所学，甚且终身一无所成焉，亦未可知也。东京学校甚多，应吾人种种志愿之学问，皆无虑不足，自抱定目的来学而已云云。（摘自《宋教仁日记》1905.9.9篇目）

在同盟会领导层中，宋教仁最看重制度建设，蔡元培为他的日记写的序言说："（同盟会）其抱有建设之计划者居少数。抱此计划而毅然以之自任者尤居少数，宋渔父先生其最著也。"宋教仁初到日本，本来想当陆军，后来还是选择了法政。他之所以"专心研究政法、经济诸学科"，就是"为将来建设时代之需"。他深知要以新的政治制度代替旧的专制制度，不是一件简单的事，而当时革命党人很少有人注意到这个问题。

在日本留学六年，宋教仁研究各国政治、法律、官制、财政，翻译过日、英、德、美、匈牙利、奥地利等国的宪法、官制、财政制度等。他在这方面确实走在同时代人的前面。他在回国前夕曾说："但破坏容易，建设难，我看同志从事于破坏一途的太多，对于建设，很不注意，将来要组织共和国，不是玩笑的事！什么临时约法，永久宪法，都须乘此工夫，研究一番才好！所以我很想邀集精悉法政同志们，一齐干起来，你以为如何？"

亲赴东北　联络"马贼"

　　同盟会成立后，革命党人把会党作为武装反清的基础力量，四处派人与会党联系，这个时候宋教仁注意到了东北的"马贼"。

　　所谓"马贼"都是不堪内外反动派的压榨而揭竿造反的贫苦农民，因为他们擅长骑马，所以称为"马贼"。只要对他们真诚友好，完全有可能把他们变成反清革命的力量。

　　"马贼"的首领韩登举是著名的淘金人首领韩效忠（韩边外）的孙子。大约在19世纪50年代，韩效忠因为家贫逃荒来到关外，他们一家曾经在金县、复县、

宋教仁塑像

为宪法流血的第一人

——民主斗士宋教仁

海城、盖县等地辗转迁徙，后来在吉林省的夹皮沟落了户。由于他为人豪侠仗义，并有点真功夫，所以时间不长就远近闻名。他聚众淘金与官府对抗。吉林将军派兵去镇压他们，但反被韩边外他们打得狼狈不堪，大败而回。一计不成，又施一计，清政府一看动硬的不行，就改用软刀子，实行招抚政策，让他们归附清政府。韩边外表面上接受清政府的招抚，暗地里却继续组织武装力量，积极向四周扩张势力，逐渐占了南北长100公里、东西宽200公里的一块儿地盘。1897年韩边外病逝，本来应由他的儿子接替他，但他儿子体弱多病，承担不起这一重任，所以由他的孙子韩登举继任首领。到1899年，清政府先后给了他守备和都司的头衔，1907年，吉林巡抚又保升他为参将，授为南

山一带的总练长。但与韩边外一样，韩登举仍然保持着对清政府的独立性，绝对不做清朝的奴才，宋教仁也正是看中了这一点，才把朝登举看成是在东北地区发展革命力量的极好对象。

但是与韩登举及各路"马贼"这样的人接触，可不是闹着玩的，不仅要有极大的勇气和牺牲精神，更需要有了解内情的"内线"和周密的布置，否则，根本就不知道"马贼"的据点在哪里，即使知道，没等靠近他们，就被他们干掉了，所以任务十分艰巨。经过二十多天的准备，宋教仁便和白逾桓与日本人古川清一起于3月26日乘船离开日本的门司港，4月1日到达了辽宁的安东（今丹东）县。需要说明的是，日本人古川清曾经在我国东北的"马贼"中生活过很长时间，对"马贼"的情况比较熟悉。他们下船以后，住进了一家日本人开设的大和旅馆。他们在旅馆休息一夜，第二天就找人进山和"马贼"联系。当时在东北地区，大孤山的"马贼"名气较大，于是宋教仁就给他们的首领李逢春写了一封非常诚恳的信。信的大意是：我们在南方正在从事反清革命大业，发动了数十万的百姓，很久以来就想发动武装起义了。但南方离京城相隔千山万水，要在南方形成割据局面容易，想要一举攻克京城就难了。考虑你们所处的地理位置，

为宪法流血的第一人

民主斗士宋教仁

离京城就较近了。所以想与你们联合起来，形成南北夹攻之势，共同完成反清大业，特地派人前去商议。如果你们能以民族大义出发实现联合，那不只是我们的大幸，而且也是中国四万万同胞之大幸啊！

宋教仁派人把信送去不久，就得到了李逢春等人的答复，并且表示同意同盟会的宗旨，邀请宋教仁等人上山共谋革命大计，宋教仁也立刻表示同意前往。

不见不知道，一见面，这李逢春着实吓了宋教仁一跳。此人，典型的关东大汉，满脸的大胡荏子，一米八十多的大个儿，杀气腾腾，不怒自威。二人一见面先客气了一番，宋教仁说道：

"逢春兄，真是百闻不如一见啊！兄此等英雄气概，将来必为国家之栋梁，今日相见真是宋某之大幸啊！"

李逢春不只长得高大魁梧，说起话来也是声若洪钟：

"不要客气了，我这人喜欢直来直去，今天你来，我是打心眼里高兴，快坐！来呀，摆上！"

宋教仁一听，怎么，"摆上"是什么意思？原来，是让手下人摆上酒宴，这就要开喝了。

二人一起入席，宋教仁一看，别说，还真有点"山大王"的劲儿，大碗酒，大块肉，挺丰盛。

这时，只见李逢春端起酒碗说了一声："请!"咕嘟咕嘟，一大碗酒喝了个底朝天，然后瞪着大眼珠子看着宋教仁，那意思是说，够不够意思先看看这碗酒能不能喝下去。

宋教仁是南方人，哪见过这么喝酒的，太吓人了。

但为了表示诚意，就是毒药也得喝下去啊！他一闭眼，端起酒真的喝下了，宋教仁这才知道自己还有点酒量。

李逢春一看宋教仁真的干了，咧开大嘴乐了，话匣子打开了：

"行，够意思！是条汉子。你给我写的信我看了，说的在理儿，你也不用多说了，一切听你的安排，按你说的办!"又冲他的手下人吆喝：

"快! 倒酒!"好家伙，又倒了一碗。

宋教仁一想，喝吧，今天喝得越多，这次就越不白来，只要李逢春能支持革命党反清，喝多少都行啊。

二人是边喝边谈，越喝越亲近，越谈越投机，最后定下了李逢春一得到宋教仁的通知就起义响应这件事。就这样，通过几次频繁的交往，宋教仁基本上把大孤山的"马贼"掌握在革命党人的手中了。另外，他还联络了著名的"马贼"头目列单子等人。

由于联络"马贼"一事进行比较顺利，宋教仁便联合在东北地区活动的革命党人，成立了同盟会辽东支部，由吴禄贞、蓝天蔚、张绍曾等人具体负责，作为东北地区革命的领导机关。这年的五六月间，广东黄冈和七女湖起义的消息相继传到东北。宋教仁准备在东北地区也立即武装起义进行响应。他的具体计划是：首先攻占沈阳，接着进攻山海关，然后进入北京。不料古川清向当地清朝官吏告密，白逾桓在碱厂招兵时被逮捕，起义计划失败，宋教仁被迫逃到大连。

宋教仁早在清光绪三十年就与革命党人黄兴、陈天华等人在长沙组织华兴会，策动起义，推翻封建的统治，后因策动起义未成，宋教仁流亡日本，任《民清朝报》撰述。宋教仁在日本组织民主革命的力量，听取了张继"谈及满洲事甚悉"的报告，决意来东北，联络绿林好汉，争取吉林南山夹皮沟韩登举团练的武装起义，以收到革命南北呼应之效果，遂写下了一首表示决心的《感时诗》：

四壁虫声急，

孤灯夜雨寒。

此身愁里过，

故国梦中看。

这是宋教仁在来吉林之前写的诗，表达了他在日本梦回祖国，投身革命的心情。

1907年2月，宋教仁化名桃源宗介，和白逾恒一起，渡过了鸭绿江，于4月1日到达丹东市（原安东）和参加起事的同盟会会员吴昆会面。同年4月3日，宋教仁以中国同盟会的名义致书李逢春、朱二角、杨国栋等绿林武装，号召他们"统筹辽海东西，黑水南北之义军，共举大事"。4月7日，绿林勇士们邀请宋教仁相见，表示拥护同盟会的主张。宋教仁亲手建立了中国同盟会辽东支部。辽东支部由新军中的吴禄贞、蓝天蔚、张榕负责。使民主革命在东北有组织有领导

剧照——关东马帮

地进行，在国民革命军的队伍里也点燃了民主革命的
火种。

　　此后，宋教仁来到吉林省城（吉林市），了解吉林
地方的民间武装力量，并亲自与韩登举商谈起义，配
合民主革命和解决问岛问题等。韩登举当时所率的乡
勇、团练达3000余众，自备粮饷枪支，曾于光绪二十
年随从吉林将军抗击日本侵略者，在辽南作战，参加
了五次收复海城的会战，又回援了辽阳防守，屡建战
功。韩登举的爱国主义思想和在绿林勇士中的地位受
到各界人士的赞颂，威名大振。1895年10月，依克唐
阿升任盛京（沈阳）将军，韩登举出任育字军三营统.

吴禄贞

领。从此，人们不称韩登举其名，而直呼"韩统领"。宋教仁对韩统领很重视，与韩统领晓以大义，请韩统领配合民主革命，与吴禄贞联合御外。

吴禄贞、宋教仁同为资产阶级革命党人，不同的是，吴在清政府地方机构中担任官职，而宋则因从事反清活动在日本躲避清政府的通缉。尽管身份迥异，但两人在抵御外敌的过程中都发挥了自己的作用。

为宪法流血的第一人

——民主斗士宋教仁

华兴会

1903年11月4日，是革命党人黄兴30岁生日，在寿宴上，商定建立反清革命组织华兴会，推黄兴为会长。拟定华兴会在长沙联升街设立机关，为了避免官方的注意，这个机关对外是"兴办实业"的"华兴公司"，华兴会的骨干都是公司的股东，入会者均称"入股"，股票即为会员证。会员通讯也都用商号作为化名。1904年2月15日，借除夕宴作掩护，召开华兴会成立大会。到会一百多人，举黄兴为会长，宋教仁、刘揆一为副会长。

华兴会没有留下政治纲领性文件，其主张主要为"驱逐鞑虏，恢复中华"的"国民革命"。黄兴在与周震鳞等印发《血泪书》中号召"凡属炎黄子孙，急宜奋起图存，誓驱鞑虏出关；否则瓜分之日立至"。而就华兴会主要领导人宋教仁、陈天华、杨笃生、章士钊等人当时思想言论来看，也都显露了资产阶级民主主义的倾向。

孙中山与宋教仁都强调要建设民国，但孙中山所说的建设是社会经济建设，宋教仁所说的是政治建设，这一点他们是不同的。1912年7月21日，在有八百多人参加的同盟会夏季大会上，宋教仁以202票当选为总务部主任干事，开始负起领导同盟会本部工作的重任。他认为政局不定，必须建立大政党，实行政党内阁，才足以稳定政局，推行政策。在征得孙中山、黄兴的同意后，他着手与共和党等政党联合，组织国民党。

　　宋教仁之所以能让孙中山认同，是因为当时他在党内的群众支持。在党内最有发言权的莫过于那些代表本党出席议会的议员们，在众多的议员中，必须有其中的有力人物和宋教仁密切合作，才能成功，这个人就是张耀曾，他是同盟会议院党团总干事兼评议部长。国民党成立，他是总干事兼政务研究会主任，是这次组党的关键人物。

　　但这次改组同盟会内部的争论很大，1912

年8月25日，同时在北京、上海两地举行改组成立大会，其中上海会场就以当场争吵一哄而散。北京的大会在湖广会馆的大剧场召开，能容纳一千多人的会场都非常拥挤。据曾经目睹其事的梁漱溟回忆，当宣读党章要通过时，因为规定不收女党员，所以女同志唐群英、沈佩真等人起来质问、辱骂，甚至直奔台上向宋教仁寻殴。台下也有多人鼓噪。虽然有不少维持大局的人尽力劝阻，形势还是岌岌可危。幸得刚刚抵达北京的孙中山临场讲话，才使秩序得到控制（孙中山8月24日到京，梁漱溟说黄兴也在场，而且是"先到先讲"，显然是记错了，黄兴9月5日才到北京），孙中山讲话将完，左右（张继等人）就请他继续讲，不要停，拖了数小时。等把选票收齐，已经天黑。整整一天没有休息、吃饭。尤其是盛夏季节，孙中山还穿着大礼服，满面流汗。但国民党总算组成了。这是当时的第一大党，为此后国会选举奠定了基础，却也为宋教仁的死埋下了种子。

国民党是由同盟会联合统一共和党、国民公党、国民共进会、共和实进会组成的，宋教仁是这次组党的原动力，没有他敏捷的政治手腕就不可能有这种政党的大化合。国民党以"巩固共和，实行平民政治"为宗旨，纲领中放弃了同盟会的"男女平权"的主张，把"力谋国际平等"变成了"维持国际和平"，党纲中和共和党不同的是"发展地方自治""注重民生政策"这两项，和同盟会时代相比要温和得多。这是为了争取选民、赢得大选所做出的选择，也是为了造成宪政国家第一大党所做的改组。所以曾遭到激烈的反对。

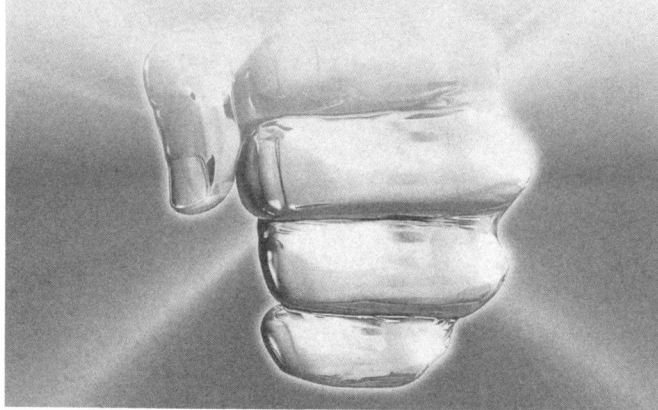

——民主斗士宋教仁
为宪法流血的第一人

中华民国初期初的中国（1912年前后）政党林立，起码有300个以上形形色色的政治团体，五花八门。但真正在政治上有影响的无非是国民党、共和党、统一党、民主党这几个，其他的都不过昙花一现。宋教仁就是想造成两大党对峙的宪政格局，所以国民党成立时有"一国政党之兴，只宜二大对立，不宜小群分立"的宣言，进步党也有"故一党在朝，发展其政见，必有一党在野批评其得失，研究其利害，监督之以使政府不敢为恶"的说法。两党制的格局似乎也已经初步形成。但问题的要害是他们都忽略了袁世凯这一因素，袁世凯和他所代表的专制力量是不愿意让中国出现这样的局面。

然而，并不因此就能把先辈们的理想一概否定了。在我们再次回顾历史的时候，还是不得不承认他们当年所追求的宪政目标的价值，他们的热情、他们的鲜血是不能亵渎的。

　　国民党成立后，马上制订详细计划：

　　1.派人到各省成立支部；

　　2.组织选举；

　　3.取得国会、省、县议会的压倒多数票，坚持议会民主制；及早组织强有力的、名副其实的政党责任内阁，宋教仁为内阁总理。

　　宋教仁在武汉的一次演讲最能呈现他的政治见解：

　　"选举的竞争，是公开的，光明正大的，用不着避什么嫌，讲什么客气的。我们要在国会里头，获得过半数以上的议席，进而在朝，就可以组成一党的责任内阁；退而在野，也可以严密的监督政府，使它有所惮而不敢妄为，应该为的，也使它有所惮而不敢不为。"

　　他在上海演说时表示，革命党与政党虽然都是过政治生活，牺牲进取的精神也始终一贯，但从事政治的方式毕竟大为不同，"昔日在海外呼号，今日能在国内活动，昔日专用激烈手段谋破坏，今日则用和平手段谋建设"。他解释说，"建设"就是要排除原有的恶习惯，吸引文明的新空气，最终达到真正共和的目的。他当时力主"先定宪法，后举总统"，这和袁世凯"先举总统，后定宪法"的盘算针锋相对。

建立同盟会中部总会
迎接武装起义的高潮

　　1910年底，宋教仁怀着在大江南北切实开展革命运动的愿望，离开日本归国，于1911年1月到达上海。

　　听到这一消息，上海《民立报》的创办者、同盟会会员于右任立即到宋教仁的住处去拜访。

　　"宋先生，我们《民立报》是上海15家革命刊物

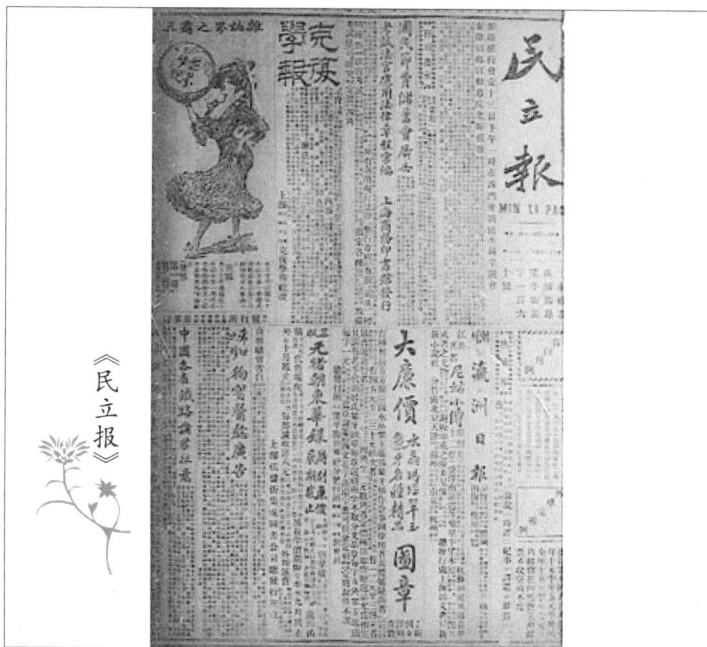

《民立报》

中规模最大、发行量最多、影响力也最大的一家，我今天来想请您留下来，担任《民立报》的主笔。"于右任没有客套，见到宋教仁就说明了自己的来意。

宋教仁很感激于右任对他的看重和信任，也很喜欢于右任身上那份坦诚，但他却很犹豫。

"我目标太大，只怕在上海不能久留。"

"请宋先生放心，我们一定周密布置，确保你的安全。"于右任早已想到。

"那就太好了，能在国内有一块阵地宣传革命主张，也是早有的心愿。"宋教仁握住了于右任的手，接受了他的聘请。

从此以后，宋教仁以"桃源渔父"和"渔父"为笔名，发表了许多尖锐的时论文章，通过《民立报》在社会上广为流传。

正当宋教仁在上海积极宣传革命的时候，黄兴和赵声按照孙中山的意见在香港设立统筹部，准备在广州再发动一次大规模的武装起义，并通知长江流域的革命党人响应。宋教仁得到这个消息非常高兴，马上去找于右任辞职。

于右任却竭力挽留，他劝阻宋教仁说：

"从革命大义而言，我不应该留你，但你是个文人，不善于刀枪战阵，此去危险太大，我真不希望你走，留下来用笔同反动势力战斗也是一样。"

"不！"宋教仁坚定地说，"要想推翻这黑暗的旧世界，必须有人付出鲜血和生命。我意已决，事成可为四万万同胞造福，不成我愿用我的头颅唤起民众。"

为了掩护，宋教仁仍以"渔父"为笔名发表文章，他自己携带一只皮箱，假装回汉口，悄悄乘船南下，4月中旬到达香港。之后，他接替陈炯明担任统筹部的编制课课长，负责拟订文告、约法以及中央和地方的各种制度草案，以便在起义后颁布实施。宋教仁满怀热情、殚思竭虑，仅用了十几天的时间就写成了厚厚的三大本。

1911年4月27日，宋教仁等人秘密地从香港各处聚集到港口，乘上了最晚一班赴广州的轮船。望着翻

广州起义烈士雕塑

滚的海潮，宋教仁的心情异常激动，反清革命多少年，现在就要有机会参加冲锋陷阵的战斗了。他珍视自己的生命，但能为争取光明的中国而流血也是他这一生的愿望。

第二天凌晨，轮船抵达广州城，只见火光满天，城门紧闭，清军已包围了码头，对出入人员严格盘查，不用说起义已经失败了。宋教仁等人无法离船上岸，只好重返香港。

在这次起义中牺牲了许多优秀的革命同志，其中包括宋教仁的好友，福建侯官人陈铸三。宋教仁抑制不住自己悲愤的心情，挥笔写下了《哭铸三尽节黄花岗》：

孤月残云了一生，
无情天地恨何平！
常山节烈终呼贼，
崖海风波失援兵。
特为两间留正气，
空教千古说忠名。
伤心汉室终难复，
血染杜鹃泪有声。

广州起义的失败，给同盟会会员思想上留下了很大创伤，不少人对革命失去了信心。由于极度愤懑，赵声不久在香港病死，正在英国留学的杨守仁痛不欲生，在利物浦投海身亡。

但宋教仁没有这样，他怀着沉重的心情回到上海，照旧从事革命的联络与组织活动，并且痛定思痛，与陈其美、谭人凤等人认真地分析了起义失败的原因，认为有必要成立同盟会中部总会，以加强对长江流域武装斗争的领导。经过几次磋商，于1911年7月31日在上海的湖州会馆召开了正式成立大会，参加会议的共有29人。宋教仁在总会章程中说："本会以推覆清政府，建设民主的立宪政体为主义。"他的民主立宪的追求贯彻于总会宗旨的始终。宋教仁当选为总务干事，分管文事部，负责管理参谋、立案、编辑及其他各事，是中部同盟会的首要人物。他还提出了"在长江流域各省同时大举，设立政府，然后北伐"的中部同盟会行动策略，并且为此做了充分的准备，在长江沿岸各省进行了较周密的布置。

10月10日，武昌起义爆发了，革命军在一夜之间攻占了武昌全城，三天之内占领了武汉三镇，宣告了封建君主专制的崩溃，宋教仁为此欢欣鼓舞，并迅速赶到武昌前线，领导革命斗争。

11月2日，江浙联军一举攻克了南京。各省都督府代表联合会在汉口开会一致决定，临时革命政府设于南京，各省代表都要到南京去召开临时大总统选举会。宋教仁显得异常兴奋和激动，在南京宣告光复的当天，他就同黄兴、章太炎联名打电报给江浙联军总司令徐绍桢和镇军都督林述庆，向他们表示热烈祝贺。第二天晚上，他便与于右任等人一起赶到南京。

武昌起义

在南京宋教仁积极从事争夺革命领导权的斗争。在他和其他革命党领导人的共同努力下，孙中山当选为第一届临时大总统，宋教仁被任命为法制局总裁。这一结果，使袁世凯一开始就想捞取第一任临时大总统的阴谋破灭。而宋教仁也充分发挥了他在政治、法律方面的特长，协助孙中山等人制定了一系列法令，来巩固新生的资产阶级政权。尽管南京临时政府只存在了三个月就夭折了，但是宋教仁在追求民主立宪的道路上又迈出了可喜的一步。

宋教仁的政治思想

一、反帝爱国的民族主义思想

在资产阶级民主革命理论的发展中，宋教仁的以反帝为核心的民族主义思想占有重要的位置。宋教仁比较留意外交、国际关系和国际形势。在担任《民立报》主笔期间，他撰写了大量文章，以犀利的笔锋，对当时的国际形势、帝国主义的侵华阴谋和侵略手段、各帝国主义在华的势力和地位，以及中国的危险处境等做了深入的分析，抨击了帝国主义的侵略本质，揭续了民族主义的主旨，弥补了辛亥革命前孙中山民族主义思想中反帝色彩淡薄的不足。

宋教仁首先分析了20世纪初帝国主义对华策略的新变化。他指出，自日俄战争后，"世界各国之对中国政策，皆变为维持均势主义，即所谓领土保全、门户开放、机会均等之三纲领是也"，帝国主义的"保全"政策绝不是"真有所爱于中国"，而是因为"各国在中国之势力未均，且各国之他方面情势亦各自不同，不能一致以对中国而实行分割"。帝国主义的侵略本质并无任何改变，中国的民族危机也无丝毫减弱。

宋教仁还剖析了帝国主义"保全"幌子下的侵华政策的特点。他指出，当时帝国主义的侵略政策和手段，有两种："一正相的侵略政策，以武力为先驱；一变相的侵略政策，以经济力为先驱，二者之中，变相侵略政策尤为最新发明之利器，各国所以灭人国，墟人社，大半皆采用此利器者。"经济侵略正是帝国主义在"保全"幌子下的主要特点。他预言，"自今而后"，"经济的侵略派与武力的侵略派必相为雄长，以共逐中原之鹿"，其中，"美国为前者之领袖，而英为之辅；日本为后者之领袖，而俄为之辅"。他提示说，如果中国人对此缺乏清醒的认识，不采取正确对策，将必遭列强瓜分之祸。

宋教仁特别抨击了对中国野心最大的日本、沙俄两国。他指出，日本很早就对中国和东亚抱有野心。而"二十年来，日本之跋扈飞扬，亦已极矣"，它"假同洲同种之谊，怀吞噬中原之心，日日伺吾隙，窥吾间"，是"吾国既往将来之大敌国"，"为东亚祸源唯一之主原因"。宋教仁还强调说，随着日本经济实力的增长，它对华、对东亚除采用"武力的侵略政策"外，又"复参用经济的侵略政策，驱其资本以角逐于东亚大陆、以制人之死命"。今后它的威胁危害将更加严重。他提醒人们，日本已成为侵华最主要的帝国主义国家，是中国最主要的敌人。后来的历史事实证明，他的分析论断确为真知灼见。

对于如何抵御、扼制帝国主义的侵略，宋教仁提出，中国的根本方针应是尽量设法维持"均势之局"(他称之为"连鸡之势")。他认为，帝国主义的"维持均势"政策给了中国"自振之机会"，可使中国借机恢扩国力，徐图自强。他主张中国应利用"外交手腕""外交操纵之术"，使帝国主义各国互相牵制，"不得不成连

为宪法流血的第一人

——民主斗士宋教仁

鸡之势"，认为这是当时中国对付帝国主义侵略唯一有效的办法。尽管宋教仁十分清楚帝国主义在华的"均势"缘于列强间的利益矛盾，但他不明白这种局面绝非被侵略、任宰割的中国的外交所能左右的；尽管他知道这种"均势"只是短期的、暂时的，但他不相信帝国主义绝不会让中国借机"自振"。他过于相信外交手段对一个半殖民地国家的作用，反映了中国资产阶级革命的幼稚和软弱。

在当时的国际形势下，宋教仁能认清列强经济侵略的本质及日俄的侵华企图，实属难能可贵。

二、反对封建专制，倡导民主宪政

宋教仁主笔《民立报》期间，曾发表大量政治评论文章，揭露了清政府借"预备立宪"行专制统治的骗局，宣扬了他的民主宪政思想。

宋教仁接手《民立报》时，清政府的"预备立宪"已进行了几年，它以答应开国会、立宪政为幌子，千方百计地强化专制统治。宋教仁运用资产阶级民主思想理论，对此做了揭露和批判。

他提出，清政府"动辄假口宪法大纲，以为抵御舆论之一大武器"，"不伦不类用以压制国会请愿与其他各种之要求"这种行径足以证明宪法大纲实为清政府装腔作势抵御人民的利刃，不过是欺人的门面、赖人的口实而已。

宋教仁在揭露清政府名为"立宪"实为专制的同时，又从正面大力宣传民主宪政思想、阐释资产阶级民主的基本原则、启发、指导国民的民主觉悟和共和思想。他告诉人们，中国政治变革的结局虽不可知，但"君主专制政体、必不再许其存在、而趋于民权的立宪政体之途。则固事所必至者"。他通过英国国会革命的事例，满怀信心地断言：即使是英国这样一个君主立宪国，"乃变为民主的实质"，这是"民主政治将普及之征候"。宋教仁还阐述了西方资产阶级民主政治中"标榜国民公意"这一基本原则，指明"立宪政治，以代表国民公意为准制

——民主斗士宋教仁

为宪法流血的第一人

则"，而不是少数人垄断政权，国民公意是立宪政治的极则。

宋教仁除揭示资产阶级宪政原理外，还重视研究具体的官制改革。他认为，设立国家机关既不能墨守古习，不求变通，违背立宪政治的原则，也不能为求符合立宪的形式而置政治现象于不顾。比如对于都察院，他既反对全盘继承，又反对一概否定，他认为应该"辨其性质，别其系统，去其不合立宪原则者，而取其有立法精义者，厘正而保存之"，而不必因噎废食。他据此主张在实行君主立宪之日，对都察院进行改造，将它改为惩戒裁判所，"掌审判官吏不尽职掌与义务之罪而惩戒之"。宋教仁的这种设想，反映了他对西方宪政精神及制度的精深研究，表明了他不完全照搬西方，注意吸收本国政治制度精华的审慎态度，与孙中山关于"五权宪法"论的某些主张异曲而同工。

三、关于责任内阁制的主张

西方资产阶级国家政体有君主立宪和共和

两大类型，其中共和制又主要有总统制和议会共和制两种。宋教仁十分重视共和制政体，倾向于议会共和制。议会共和制又叫责任内阁制，在这种制度下，总统不具实权，掌握实权的是内阁，内阁由议会中的多数党组成，并对议员负责。至于主张责任内阁的理由，宋教仁解释说："盖内阁不善而可以更迭之，总统不善则无术变易之，如必欲变易之，必至摇动国本，此吾人所以不取总统制，而取内阁制也。"在民国初年，责任内阁制还有特殊作用，即限制袁世凯的专制独裁。南京临时政府成立时期，宋教仁曾对胡汉民说："改总统制为内阁制，则总统政治上之权力至微，虽有野心者，亦不得不就范。"他一再坚持责任内阁制的原因之一也是防范袁世凯的专制独裁。

宋教仁的责任内阁制思想主要体现在他起草的《鄂州约法》中。《鄂州约法》共七章六十条，以三权分立的原则，贯穿着内阁制精神。它规定了都督、政务委员、议会、法司的职责，

为宪法流血的第一人

——民主斗士宋教仁

其中都督类似总统，政务委员类似内阁阁员；都督、政务委员、议会三者的关系，近似内阁国家的宪法一样，都督具有种种大权。但其权力又受到种种限制；议会"由人民于人民中选举议员组织之"，具有立法、财政预算、批准条约、监督行政等大权，其职能与西方资本主义国家的议会基本一致。虽然限于各类条件，《鄂州约法》存在着种种缺陷，不尽完善，但它是中国资产阶级拟定的第一个带有宪法性质的文件，体现了资产阶级自由、平等的民主精神。它破天荒地以根本大法的形式，否定了中国延续几千年的封建制度，描绘了共和国方案的蓝图，意义重大而深远。以后的《临时约法》便基本上承袭了《鄂州约法》。

责任内阁制是与政党政治联系在一起的，宋教仁十分推崇政党政治。他认为，由于事实上不可能每个人都能直接参与政治，所以要实行共和立宪，就要由代议机关和政府代表国民，由政党领导国民，而政党实际上又是代议机关和政府的灵魂。因此，在共和立宪国中，政党实质上是政治的主体，"亦可谓为实际左右其统治权力之机关"。因而，他认为，"欲取内阁制，则舍建立政党内阁无他途"。为争得组织内阁的权力，他全力以赴地进行了组党活动。他将同盟会与其他几个小政党合并组成国民党，甚至不惜抹去同盟会原纲领中"平均地权""男女平等"等激进色彩，以期使国民党成为第一大党，争得组阁的权力，实现责任内阁制。

应当看到，宋教仁的这些设想和努力虽然闪烁着民主共和的思想光辉，但在当时的中国，也有幼稚的地方。宋教仁认为，只要在国会中获得半数以上议席，于是"进而在朝，就可以组成一党的责任内阁；退而在野，也可以严密地监督政府，使它有所惮而不敢妄为……那么，我们的主义和政纲，就可以求其贯彻了"。他没有看到，当时国家机器的主要部分——军队，始终掌握在袁世凯手里，革命党没有什么军事力量，无论在朝在野，其主义和政纲都没有贯

为宪法流血的第一人
——民主斗士宋教仁

彻实行的保障。

宋教仁为实现责任内阁制，到处演说；宣传国民党的施政纲领，并坚决顶住了敌党的恶言诽谤和金钱收买。经过不懈努力，他的理论和实践获得了很大成功。1912年底到1913年初，第一届国会的参众两议院的初选揭晓，在选出的五百名众议员中，隶属国民党籍的有338人，占绝对优势。在1913年2月份的复选中，尽管袁世凯耍尽手腕，国民党仍以压倒多数取胜。宋教仁的成功，构成了对袁世凯权力的直接威胁，袁世凯遂乘宋北上之机，对其施予了暗杀手段。"出师未捷身先死，长使英雄泪满襟。"宋教仁的鲜血洗亮了孙中山、章太炎等人的眼睛。让他们看清了袁世凯假共和、真专制的狰狞面目。宋教仁追求真共和的勇猛精进的英雄气概，鼓舞了革命者的斗志，直接导致了"二次革命"的爆发。

金陵夺印

武昌起义发生前，居正曾到上海请宋教仁等人前去主持，最终没有成行，导致革命后从床底下拉出黎元洪当领袖。对此宋教仁是后悔莫及，他之所以极力主张责任内阁制就是为了保障民国的大权不落在旧官僚、旧军阀的手里。他曾说："改总统制为内阁制，则总统政治上权力至微，虽有野心者亦不得不就范，无须以各省监制之。"

但他主张实行责任内阁制，不仅和孙中山有分歧，当时也没有多少人赞同。民国成立之前他真正显露出政治才干，主要还是在南京的斡旋活动。1911年12月攻克南京前夕，江浙联军内部就矛盾重重。宋教仁奔赴镇江去见林述庆、柏文蔚，就是调和联军。南京城攻下后，在林述庆、徐绍桢、程德全等人之间，都督问题不能解决，他又一次到南京调停，奔走于林、徐之间。林述庆愤然说："革命党本非争官而来，必欲争，则请稍五分钟，余即可解决矣。"宋教仁说："毋出此，请君让之。"林述庆答应立即出兵渡江，准备北伐。这就是所谓"金陵夺印"。

但不久（12月17日），南京的江浙联军军官聚众闹事，迫使各省代表会将原来选举的结果（黄兴为大元帅，黎元洪为副元帅）倒置，重选黎元洪为元帅。南京革命派中拥护黄兴的人，要逮捕闹事军官、惩办改选代表。南京，又处于革命军内部火并的前夜。也是亏得能干的宋教仁从中斡旋，才避免了发生武力冲突，使南京的政局得以维持。

宋教仁所在的湖南同乡的龙公馆，一时成

了南京的一个枢纽机关。内部有意见，从这里交换。外来的消息，也从这里探听。

章太炎那时就发表宣言"总理莫宜于宋教仁"，孙中山长于议论，是元老之才。建置内阁只有宋教仁最适合当宰辅，他"智略有余，而小心谨慎，能知政事大体"（1920年他为宋教仁的日记作序还说他有宰相之望）。他的评论固然不乏灼见，舆论却认为宋教仁想自己当总理，所以才主张内阁制。结果孙中山提名他为内务总长也遭到临时参议院的反对。这一时期宋教仁是受到内外打击的。

宋教仁雕塑

——民主斗士宋教仁

为宪法流血的第一人

组建国民党　与袁世凯抗衡

辛亥革命的胜利果实很快被狡猾阴险的袁世凯窃取了，1912年4月1日，孙中山正式辞去南京国民临时政府大总统的职务，在一片"欢呼"声中辛亥革命失败了。

由于没有认清袁世凯的反动本质，孙中山认为民族、民主革命已成，决心投身社会革命修20万里铁路，10年不问政治。黄兴也遣散了南京留守府的30万军队，随孙中山进行社会革命的宣传。宋教仁却不同，他主张实行议会斗争同袁世凯争权。

当时各政治团体为了将来在议会中的地位纷纷成立政党，宣传自己的主张。袁世凯也组织了两个为自己服务的党：统一党和共和党，这就直接威胁了同盟会的地位。在将来的大选中如果这两党在议会中占了多数，袁世凯就能任意把持政权，不受民意的左右。看到这种趋势宋教仁心急了，坚持议会斗争的想法更强烈了。

当时同盟会的内部组织相当涣散，起不到一个强有力的政党的作用，宋教仁决定改组同盟会。

那一天他专程去找孙中山，就改组同盟会一事向

孙中山请示。

"孙先生，我打算以同盟会中的骨干分子为主，再联合其他党派组成一个新政党，不知您是否同意。"

"组成新党之后，你有什么打算呢？"孙中山没有马上回答他。

"如果能组成一个强有力的政党，在将来的议会中争得多数席位，就可以限制袁世凯，使他不得以武力压制民主，使我们制定的《临时约法》长期生效。"

"那好，这事就由你全权负责吧，我没意见。"孙中山同意了。

征得了孙中山的同意，宋教仁开始了紧张的建党活动。

正当宋教仁为组织一个强大的政党而奔波的时候，北京政局发生了一些有利于同盟会的微妙变化。原来，专横跋扈的袁世凯不顾临时参议院的多次反对，硬要庸碌无能的原外交总长陆征祥出任国务总理，并依照自己的意愿组织内阁，损害了不少党派的利益。而且本来不同意同盟会的意见，想参加陆征祥内阁的统一共和党，也因要求没有得到满足，就想方设法把陆征祥推翻，结果不但没有推翻陆征祥，还遭到了共和党与军警界的嘲弄与诽谤。统一共和党的许多党员都十分气愤，便决定与同盟会联合起来，共同参加正式国会的选举。

真是天赐良机，因为宋教仁组织大党的心情非常迫切，所以统一共和党和同盟会的合并问题很快被提到日程上来。统一共和党一开始就提出，要实行两党合并，必须改变同盟会的名称，废除民生主义的纲领，改良内部组织。宋教仁在征求了孙中山和黄兴的意见后，满口答应，没有提出任何不同的意见。1912年8月5日，双方代表就新党名称、纲领及组织等问题开始在北京谈判，其间，国民公党、国民共进会和共和实进会得到消息也表示愿意一同合并，先后派代表参加，这样，合并的范围又得到了进一步的扩大。在宋教仁的直接主持下，这5个政党的代表经过反复商讨，决定新党的名称为"国民党"，并且拟定了保持政治统一、发展地方自治、厉行种族同化、采用民主政策和

维持国际和平5条政治纲领。

8月25日，国民党借北京湖广会馆举行成立大会。这天，宋教仁春风满面，精神格外振奋，他迈着矫健有力的步伐走进会场，因为这一切都是他一手策划和苦心经营的。他心里想：从今往后，全国的政党，哪个能与国民党相比呢？想到这儿，他的脸上露出一丝别人不易察觉的得意的微笑。会议开始后，孙中山发表了关于民生主义的长篇演说。然后选出孙中山、黄兴、宋教仁等9位理事，随后由宋教仁等7位理事提议大家一致推举孙中山为理事长，但因孙中山正忙于其他的事情，没有时间抓党务工作，委托给宋教仁代理。另外，会上还推举李烈钧等29人为参议，还有7名名誉理事和三百多名各部的干事。

会议结束后，宋教仁仍然抑制不住内心的激动和喜悦，马上给海外的同盟会员及老朋友们写信告诉他们这一喜讯。

但宋教仁也忽视了一个对国民党十分不利的因素，那就是，国民党虽然表面很庞大，但宋教仁的兼容并包，把社会上的大批官僚政客拉入党内，使国民党党员的成分越来越复杂，实际上削弱了为一个政党的战斗力。 积极竞选，于民主宪政、民国成立以后，面临最主要的任务就是参加国会的大选。于是他于1912年

10月18日沿京汉铁路南下，开始在南方各省布置国会的选举问题。

他首先去桃源探望别离8年之久的老母亲和妻子、儿子。当年离家时，是清政府缉拿的罪犯，他都没有来得及与老母、妻儿道别便匆匆乘小船离去了。8年了，他没有尽到一个儿子、丈夫和父亲的责任，而自

己的亲人在他那里得到的也只能是整天的提心吊胆，担惊受怕。他是一个坚强的革命者，铁血男儿，但他首先是一个有血有肉有感情的人啊。一踏上桃源的土地，见到他熟识的故乡的山、故乡的水、故乡的一草一木……他的眼睛湿润了。这时，他看到了自己那白发苍苍的老母亲正蹒跚着向他迎来，他再也抑制不住自己的感情，紧走几步跪在母亲面前。母亲打量着他，当确信是自己的儿子回来了时，顿时老泪纵横，用颤抖的双手抚摸着儿子的面孔，喃喃地重复："这是真的吗？是真的吗？……"妻子早已在母亲的身后泣不成声了。

短暂的团聚给亲人们带来了巨大的快慰，但肩负重任的宋教仁又怎能安下心来陪伴他们呢？相见时难别亦难，分离的日子来得这样快，望着老母、妻子那依依不舍的目光，他的心里一阵发酸，但他还是咬紧牙关，毅然踏上了离去的路。他哪里知道，这竟成了他与亲人们的最后诀别……

他从1913年1月开始，由长沙到武汉，过九江到上海，又到杭州和南京，每到一处都发表竞选演说，受到各地的热烈欢迎。

2月1日他在国民党鄂支部的欢迎会上，对当时的政治形势进行了分析，对斗争方式的改变也作了说明。

他说："民国虽然成立，而阻碍我们进步的恶势力还是整个存在。我们要建设新的国家，就非继续奋斗不可。然而，情况与以前不一样了，我们的斗争方式也必须改变。以前，我们是革命党；现在，我们是革命的政党。以前，我们是秘密的组织；现在，是公开的组织。以前，是旧的破坏时期；现在，是新的建设时期。以前，是拿出铁血的精神，同他们奋斗；现在，对于敌党，是拿出政治的见解，同他们奋斗。"他那铿锵有力的话语、明晰的分析及高昂的情绪使会场气氛十分热烈，掌声喝彩声此起彼伏，收到了极好的效果。10天以后，他又在国民党湖北省交通部的欢迎会上猛烈地抨击了北京临时政府的内政外交政策，点了袁世凯和新任国务总理赵秉钧的名，他慷慨激昂地指出，北京临时政府在内政方面、财政状况的混乱局面已经达到了极点，政府对财政的管理没有一点计划可言，只知道依靠大借款，来弥补亏空。另外，因为临时政府的期限临近，所以敷衍了事，把一个很难收拾的乱摊子留给下届政府。

宋教仁的努力没有白费，国会选举揭晓的结果，国民党在各个选区都大获全胜。在参议院和众议院870个议席当中，国民党独得392席，占议席总数的45%，而共和、民主、统一三党所得议席总和只有223个，还不

為憲政流血，公真第一人

作民權保障，誰為後死者

宋教仁
（1882—1913）

到议席总数的26%，国民党取得了压倒多数。

　　宋教仁完全陶醉于国会选举的胜利之中了。他以全国第一大党的领袖自居，自己以为很快就可以成为纯粹政党责任内阁的实权总理。所以这段时间，喜悦之情溢于言表，精神格外振奋。自从3月10日由南京回到上海后，他就加紧和当时还在上海的国民党其他领导人一起研究在正式国会中应当采取的政党政见，并且由他口述，徐血儿笔录，起草了一份长达六千多字的国民党大政意见书，准备带到北京国民党本部去讨论和商议。实际上，这是宋教仁为其即将出任国务总理所拟订的施政纲领。

议会选举的局限性

在1912年冬天和1913年春天之间举行的这次议会选举是有相当局限性的，对选举资格做了具体的限制，规定有民国国籍具备下列四项条件的人才能参加选举：（1）当年纳直接税2元以上；（2）有价值500元以上的不动产；（3）小学校以上毕业；（4）相当于小学校以上毕业。这几项条件主要是从财产状况、教育程度方面了限制，西方国家在民主化的进程中也都有过各种各样的选举权限制（英国从大宪章到实现普选经历了240年；美国开国初期颁布的宪法，也只有拥有一定财产和纳税能力的白人男子才有选举权，实现普选是在178年后），尽管只有10%的人参加了投票，民国初的这次选举还是中国第一次有实质意义的直接、公开的选举，也是唯一一次由选民自己投票选出国会两院的议员。

由于国民党挟辛亥革命的余威，又合并了其他政党，加上国民党成立后立即制定了详细

——民主斗士宋教仁

为宪法流血的第一人

计划，以取得竞选胜利为首要目标，在本部专门设有选举科，积极筹备选举，所以选举的结果是国民党大获全胜。在众议院的596席中，国民党占了360多席，除去跨党的不计，还有269席；参议院274个议席，即使不算跨党的，国民党也得了123席。国民党在参众两院所得的议席大大超过了其他三党的总和，可以说已取得压倒多数。比如在宋教仁的家乡湖南，从国会、省、县议会，国民党的候选人都以90%以上的比例当选。1913年初，宋教仁在湖南参加竞选（约法规定，组阁的应该是国会议员），湖南省议会选他为参议员，众望所归，一声喊就把他选出来了。他拼命造党，与袁世凯、与其他政党在宪政轨道上竞争的第一步可以说实现了，但也就只能到此为止。国民党的胜利敲响了宋教仁死亡的丧钟。宋教仁还沉浸在胜利的喜悦里，要"竞上最高峰""我欲挽强弓"。要根据约法组织政党内阁，把国家引上民主政治的正轨。

胜利在望的时刻，宋教仁在湖南和当地的国民党人商讨组阁计划，邀请谭组安担任内政部长，仍兼湖南都督。想利用谭组安和袁世凯的世谊（谭组安父亲和袁的叔祖父袁甲三是拜把兄弟），在未来的府、院之间起协调作用。他曾把这些组阁的计划电告北京的国民党总部。袁世凯的密探也得到了这一消息。

　　此后，他沿江东下，从长沙到武汉，再到安徽、上海、杭州、南京等地，一路上发表演讲，阐述政党内阁的主张，猛烈抨击现政府在内政外交上的失败，他的言论风采，轰动一时，也使整个近代史仿佛有了些生气。

　　他在上海时，各地的议员云集，准备北上参加正式国会。制定宪法，选举总统，由取得国会压倒多数的国民党组织责任内阁，开启中国民主政治的航船，这已经没有什么可以怀疑了。他的理想——"进而在朝，可以组成一党的责任内阁；退而在野，也可以严密地监督政府"即将成为现实。他不知道自己成了袁心目

为宪法流血的第一人

——民主斗士宋教仁

中的"梁山匪魁"，更没想到他的生命已接近终点，中国短暂的宪政尝试即将结束。1913年3月20日，上海闸北火车站一声枪响，中国伟大的宪政民主实践者宋教仁倒在血泊之中，两天以后他32岁的心脏停止了跳动。

和宋教仁有交情的革命学问家章太炎说他有宰相之望，"惜其才高而度量不能尽副，以遇横祸"。其实，宋教仁的死和"度量"没有任何关系，既然他要走宪政民主这条路，已经掌握政权的袁世凯不容许这样的事实发生。如果说"度量"，那是袁世凯没有度量，而不是宋教仁。

当时在中国这块还没有经历过近代意义的思想启蒙的古老土地上，人民根本不知道民主、自由、共和、人权为何物。连陈其美、陈炯明这样的革命党人掌了权以后，也只知道用暴力来铲除异己，镇压不同的声音。什么宪法、什么人权、什么宽容离得还很遥远。在宋教仁遭暗杀之前，陈其美就用相同的方式结束了革命家陶成章的生命，执行暗杀的人后来成了民国的大总统，没有比这些血的事实更加惨痛的一幕幕了。我们不仅要谴责袁世凯不守规则、践踏人权，还要谴责陈其美、陈炯明。

所以，旧军阀、旧官僚如袁世凯等固然是

——民主斗士宋教仁

为宪法流血的第一人

缺乏民主、人权思想，革命党人如陈其美、陈炯明们也未必有什么民主、人权的信念，这是20世纪那些血写的历史告诉我的事实。孙中山、黄兴一让总统、一辞留守。蔡锷为四万万国民争人格，宋教仁追求宪政理想，不惜以身相殉……

重温历史就是为了避免同样的悲剧一再重演，一个不会总结教训的民族注定要被历史的潮流扔到北冰洋去。走近宋教仁，我们从殷红的血迹中看见了袁世凯残酷的微笑，看见孙中山冲冠的怒发，听见黄兴痛苦的号啕，也看见了一个民族在斗争中的进步。俱往矣，一切轰轰烈烈、大喜大悲都已被万紫千红的世纪末的春天所淹没。

南京临时政府成立那天，还发生了一个小插曲，使宋教仁未能参加孙中山的就职大典。宋教仁和前来约他一起参与大典的居正等人，刚要出门就被女子北伐队长林宗雪带的一群女兵挡住，林宗雪说："我们来此不要怕，只是要求女子参政权，必须宋先生答应。"宋教仁说："大总统今天就职，你们不去排班护卫，已经失礼，向我要求，更是无理取闹。"好不容易说得她们一哄而散，就职典礼也结束了。

宋教仁只是担任了短期的法制院长，随后就作为迎袁专使之一进京，袁世凯指使曹锟的部下发动兵变。宋教仁虽然看出这是阴谋，却对由黄兴领兵北上表示异议，他说："统兵北上，不是儿戏，如果出兵，必然引起战争。"话没说完，马君武就大声指斥他为袁世凯做说客，出卖南京。照着他脸上就是一拳，宋教仁左眼受伤流血，在医院住了几天才愈。孙中山当场喝止马君武，让他赔礼道歉，经黄兴等人劝阻、解释，马君武承认了错误。

为宪法流血的第一人
——民主斗士宋教仁

孙中山让位以后，宋教仁在袁世凯的第一届内阁里出任农林总长，在政坛上崭露头角。袁世凯称他"天资才调，超越齐辈"，在唐绍仪内阁里他是最有政治才华的人，还替内阁起草了大政方针的草案，来不及讨论，这个脆弱的混合内阁就垮了。他与蔡元培等同盟会阁员当面向袁世凯辞职，袁世凯用极为诚恳、严肃的口吻说："我代表四万万人民挽留总长。"（蔡元培回敬他："元培亦对于四万万人之代表而辞职。"）

从此，宋教仁对混合内阁、超然内阁有了深刻的认识，更加坚定了对政党内阁的信念。在袁世凯当上民国总统以后，有些革命党人腐化蜕变了（如刘揆一），有些悲观绝望，如邹永成写了一首绝命诗以后就投黄浦江自尽了，诗中有"不谅猿猴筋斗出，共和成梦我归天"这样的句子。孙中山看到当时的情况，已经退出政治，主张把政权完全让给袁世凯，专心去做社会工作，准备修铁路二十万里。宋教仁却执着地想通过政党内阁来限制袁世凯所代表的旧势力，实现真正的共和民主。所以他早就赞成张謇向孙中山提出的解散同盟会的建议，他主张把革命党变为政党，有过选择同盟会中的稳健分子另外组党的打算。

他在辞去农林总长后对袁世凯拉一些同盟会员入阁就极为不满，称之为"逼奸政策"，还派魏辰组去见袁世凯，表示反对。所以即便叫他当总理，他也不做。他已经明确他的政治目标首先是要造党，然后通过议会选举，掌握多数席位，进而组成政党内阁，这样才有国民党的出现。

——民主斗士宋教仁

为宪法流血的第一人

宋教仁故居

1.宋教仁故居(出生地，现仅存遗址)

坐落在桃源县漳江镇渔父村，该村风景优美、秀丽，故居毁于"文化大革命"，对这位近代民主革命家，桃源县委县政府拟在县城重建渔父祠，以为纪念。

2.宋教仁故居（鬯春堂，位于北京动物园）

在北京动物园最西端的绿荫深处，有一座欧式巴洛克风格的两层洋楼，这就是清末慈禧太后往来于大内皇宫与"夏宫"颐和园之间的行宫畅观楼。与畅观楼遥对，是清乾隆时期乐善园的遗存建筑鬯春堂。鬯春堂灰色筒瓦歇山顶，面阔五间，进深三间，四面回廊，周围假山环抱，古槐遮阴。这清幽静谧的楼房，曾住过孙中山的主要助手、国民党的实际组建者宋教仁。

畅观楼建于光绪年间，是清末乐善园中最高的一组建筑，也是北京地区唯一一座保存完整的慈禧太后西式行宫，其建筑风格为欧洲巴洛克造型。畅观楼坐北朝南，三面环水，背靠青山，楼南小溪之上建有汉白玉小桥一座。桥南两侧摆搁铜铸雄狮、麒麟各一，造型生动，栩栩如生，为清代北京地区铜铸之精品。

辛亥革命后，畅观楼曾作为北平农事实验场及国立北平天然博物馆的一个组成部分。袁世凯当政时期，畅观楼一度成为国民党先贤在京秘密串联抗袁人士组织政党内阁、实现真正共和的重要活动场所。因此，畅观楼在中国近代史上，留下许多名人先贤驻足的痕迹。

1916年6月，为纪念宋教仁，人们特地在鬯春堂与畅观楼之间建造了一座高约2米的宋教仁纪念塔。纪念塔曾一度被毁，现只余一座两层的塔基。

遭袁忌恨　上海车站遇刺

正当宋教仁在为担任内阁总理积极做准备时，一双要置他于死地的黑手已经伸向了他，这双黑手是谁

袁世凯

的？就是大独裁者袁世凯的。

原来，宋教仁的才华和锋芒毕露的革命表现，早就引起了袁世凯的注意，特别是他近期的表现，更使袁世凯感到忌恨和害怕。他在心里把宋教仁和孙中山、黄兴做了一下比较，觉得宋教仁的活动能力最强，并且手腕也比较灵活，比孙中山和黄兴都难对付，于是，他绞尽脑汁，寻找对付宋教仁的办法。开始，袁世凯采取拉拢的手段，总想把宋教仁掌握在自己的手心里。所以他对宋教仁假惺惺地称赞不已，甚至要让宋教仁出任国务总理，并让他组织内阁。而宋教仁根本就不理睬袁世凯那一套，决心为实现自己的政治理想而努力奋斗。而这时，许多人都劝他听从袁世凯的任命。如教育总长范源廉、工商总长刘揆一，甚至孙中山、黄兴也劝他担任总理，他都没有答应。

就在1912年10月18日宋教仁南下进行竞选的临行前，袁世凯又狡猾地使出他的政治手腕，想最后拉拢和试探一下他。袁世凯"慷慨解囊"，赠送给宋教仁一套价值三千多元的西服和50万元交通银行支票，显出十分亲切和关心的样子说："你为国事奔劳，真让我从心里敬佩啊！这点微薄之意，请遁初兄笑纳。如果不够用，你尽管说话，虽然我也不富裕，但为你我愿效犬马之劳啊！"宋教仁对他的阴谋诡计早已看得明明白白，不凉不热地回答说："有劳大总统大驾，为一介草民之事操心。我天生就是受穷的命，哪里享用得起这么贵重的礼物，我们革命党人四海为家，钱在我这里形同废纸，哪里派得上用场，还是请大总统留着多为老百姓造点福吧！"这不软不硬的话语使袁世凯十分下不来台，为了摆脱这种尴尬的境地，他硬是干笑几声，连连说："佩服，佩服，不为金钱所动，兄果然是胸怀大志之人。你就不要客气了，怎么也得给我一个面子吧！来来来，快试一试这衣服大小合适不"，说着便不由分说地把衣服给宋教仁穿上了。他是按宋教仁的身材定做的，哪能不合适？"好！好！合适！遁初兄穿上这套西装简直像一国之君那样气派了吗，啊，哈哈，哈哈哈哈！"宋教仁为了尽快结束这场让人作呕的闹剧，只得收下了衣服，但支票被他拒绝了。

这件事，简直把袁世凯气得个半死，他认识到宋教仁是不能用高官厚禄所能收买的，将来必定成为他独裁统治的巨大障碍，所以就萌生了杀死宋教仁的想法，并立刻派他的走狗洪述祖、程克两个人具体办理。洪述祖和程克则找到了上海流氓头子应桂馨，让他负责物色执行暗杀的凶手。

而宋教仁根本不知道袁世凯已对他起了杀念，在各种场合利用演讲方式继续进一步抨击袁世凯和他的倒行逆施，并且在竞选中又一举动狠狠地刺痛了袁世凯，使袁世凯杀害宋教仁的进程大大加快了。原来，在经过一段时间的实际观察之后，宋教仁已不再以组织一个纯粹政党责任内阁为满足了。他很清楚地认识到，要使阴险狡诈、野心勃勃的袁世凯担任一个没有什么实权的总统是根本不能的，只有选举"最为愚呆脆弱之黎元洪"为总统，才能使就组织的内阁发挥应有的作用。所以，当他到武昌访问黎元洪的时候，对黎元洪明白地说："我们不能使袁世凯做我们听话的工具，我要我党党员选你当总统"。黎元洪也基本答应。这实际是想把袁世凯踢出中央政府的大门以外。这一消息很快在社会上沸沸扬扬地传播开了，全国各大报纸也争相登载了这件事。而这时国民党的竞选活动已经取得了胜利，宋教仁的这一计划是很可能得以实现的。这就更使袁世凯如坐针毡，他在北京的府里来回走着，眉头紧皱，血红的眼睛里露出凶光，牙咬得咯咯直响，狠狠地说："宋教仁，不杀你不解我心头之恨！"杀害宋教仁的决心越发坚定了，行动的速度也大大加快了。于是他把洪述祖找来，凶狠地骂道："你们这群废物，我交代的事你们办得怎么样了？你们看一看，他还在到处胡言乱语，连这些事都办不了，杀不了宋教仁，提你们的人头来见我！"看到袁世凯如此生气，洪述祖并连连向主子打着保证，尽快干掉宋教仁。

1913年2月1日，洪述祖给上海的应桂馨连发密电，声称："大题目总以做一篇激烈文章，乃有价值。"第二天，又在密电里说，"紧要文章已略露一句，说必有激烈举动。弟（指应桂馨）须于题前经电老赵（指国务总理赵秉钧），索一数目"。这里所说的"紧要文章"和"激烈举动"，就是指暗杀宋教仁的事。而且袁世凯的喽啰们一直在追逐着宋教仁的行踪，宋教仁的一举一动，都逃不过袁世凯的眼睛。所以，正当宋教仁在上海兴致勃勃，信心十足，为其即将在政治舞台上大显身手而做全面准备的时候，袁世凯则在北京为暗杀宋教仁紧锣密鼓地精心布置着。3月10日，应桂馨致电洪述祖说："八厘公债，在上海指定银行，交足六六二折，买三百五十万，请转呈，当日复。"这是在刺杀宋教仁的报酬问题上向袁世凯讨价还价。11日，洪述祖复电应桂馨，声称："请款要在物件到后，为数不过三十万"。14日，应桂馨又电洪述祖："梁山匪魁（指宋教仁）四处扰乱，危险实甚，正发紧急命令，设法剿捕之。转呈候示。"洪述祖在18日就奉袁世凯之命进行了答复："寒（14日）电应即照办。"19日则以"事速进行"4个字，进行催促。

暗杀之事已是如箭在弦，而宋教仁对袁世凯却没有任何提防。尽管不断有人提醒他，让他防备点袁世凯，但他全不放在心上。谭人凤曾经告诉他，陈犹龙在北京侦察到应桂馨"领有中央巨款"，一定要有什么意外的事情发生，但宋教仁仍然觉得袁世凯不会有那么狠，他始终认为，袁世凯一旦大总统落选，才会最后摊牌，但他估计错了，袁世凯不仅已经正式下达了暗杀他的命令，而且已经开始实施了。

　　狡猾的袁世凯公开致电宋教仁，要他迅速回到北京，一起商讨国家大事。宋教仁不知这里面含有杀机，便决定于3月20日乘夜乍同其他几个新当选的议员一起北行。临行前，他的好友徐血儿紧紧地握着他的手说："先生此行，责任甚重，我总觉得有很大的危险，怕对先生不利，请先生千万谨慎，小心防范啊"。而他却若无其事地微笑着回答说："没有关系，我此行堂堂正正。即使有危险，我也甘冒风险！"

　　1913年3月20日晚，这天的夜很黑，上海车站只有微暗的灯光在风中不停地晃动着。虽已是春天，但早春的夜晚还是很冷，几个披着破烂衣裳的乞丐蜷缩在房檐底下互相取暖。火车拉着长笛进出站，高声鸣叫着，卖小吃的，卖香烟的，都冻得瑟瑟发抖，低沉地吆喝着，很是凄凉。

这时火车站的议员休息厅里，灯火通明，准备赴京出席民国第一次国会的议员们正在这里休息等车。黄兴和宋教仁大声谈论着。只见宋教仁，不太高的身材，但两眼炯炯有神，他站起身来，走过去坐到黄兴身旁的位子上说："前几天还有人告诉我要警惕，说北方有人要杀我，可我对他们说，我一生光明磊落，又没有什么仇人，我所进行的也只是光天化日之下的政治竞争，哪能用得着这样卑劣残忍的手段呢？我理解这都是谣言，以松懈我的斗志。"黄兴正要开口说什么，可没等他开口，国民党交际处干事吴中华对大家说："火车已经进站了，请大家都准备好，马上上车。"说着引导大家走出了休息厅。黄兴、宋教仁、陈敬宜、廖仲恺等人相继向站台走去，他们边走边谈。

10点45分，议员们刚走到检票口，只听到"呼"的一声枪响，一个身穿黑呢大衣的矮个人，又胡乱地放了两枪，当人们还没明白过来怎么回事的时候，黑衣矮人已经拿着枪跑掉了。准备进入站台的人们一下子乱了，于右任听到枪声后，从议员休息室中忙跑出来，他跑到检票口外，只见宋教仁踉跄着向椅子旁挪了几步，双手捂住腹部，脸上露出极其痛苦的表情，对于右任说："我中枪了"，说着跌倒在地，鲜血从他的上衣边淌下来。在场的人都惊呆了，不知怎么办才好，于右任、黄兴等指挥人们把宋教仁抬到小卧车里，随即送往附近的医院。

为宪法流血的第一人

——民主斗士宋教仁

袁世凯为什么要杀宋教仁?

宋教仁在辛亥革命后的政治舞台上是个举足轻重的人物,南京临时政府成立孙中山曾提名他出任内务总长,遭到代表会反对,改任法制院长。他曾作为迎袁专使之一北上,在唐绍仪内阁中出任农林总长。正是他联合五党组成第一大党——国民党,是国民党的实际领袖,熟悉他的人都说他"头脑明细,手段灵敏",袁世凯所支持的共和党无法与他匹敌。宗教人认为"以前是旧的破坏的时期;现在,是新的建设时期。以前,对于敌人,是拿出铁血的精神,同他们奋斗。现在,对于敌党,是拿出政治的见解,同他们奋斗"。在政治上表现出倔强的进取精神,同时又有极强的活动能力和丰富的宪政知识。谭人凤一语道破,"国民党中人物,袁之最忌者惟宋教仁"。

面对这样一个人物,袁世凯岂能无动于衷。在宋教仁辞去农林总长后,"袁极力牢笼,饵以官，不受；啖以金，不受。日奔走于各政党间，发表政见，冀以政治策略，为有次序之进行，改革一切弊政，一时声望大哗。"先是袁世凯有意让他出任总理，刘揆一、范源濂等出面力劝。孙中山、黄兴、唐绍仪等也劝他就任。但他坚持政党内阁的主张，所以坚辞不就。

袁世凯送他西装，连尺码都非常准确，还送他交通银行五十万元的支票一本，请他自由支用，但宋教仁只略取少许（二三百元），南下离京前夕即让赵秉钧交还袁，留信一封表示谢意：

"绨袍之赠，感铭肺腑。长者之赐，仁何敢辞。但惠赠50万元，实不敢受。仁退居林下，耕读自娱，有钱亦无用处。原票奉璧，伏祈鉴原。"（《宋教仁集》426页）

这就是宋教仁，虽然谭人凤说他"英而不雄"，但他是一个有政治人格、有操守的人，袁世凯的金钱无法收买他。他是个有理想的政治家，不是为了追求高官厚禄。他是个"崭新的人"，"非一般政治人物可比"。他的行动有分寸，不即不离，袁世凯那一套制人术因此在他这里失去了作用。袁世凯的心中杀宋教仁之意这才萌生。

在随后举行的国会两院选举中，国民党大获全胜。宋教仁离家出山，沿江东下，从长沙、武汉、安徽到上海，再到杭州、南京。一路上到处发表演说，批评袁世凯政府，阐述自己的宪政理想，言论风采，轰动一时。而袁世凯杀宋之心也就定了。

宋教仁此时却踌躇满志，准备北上组阁，在湖南就讨论过组阁的计划。他确乎是众望所归，他一到北京，根据约法组织内阁是没法阻止的。因此他1913年3月2日游杭州时所写的《登南高峰》一诗，其中就有"徐寻屈曲径，竞上最高峰""海门潮正涌，我欲挽强弓"这样的诗句，虽然是写景，抒发的却是他胸中的抱负。其时大选获胜，他组织政党内阁，制约袁世凯，实现民主的时光已经指日可待，所以他的诗里洋溢着一种胜利的喜悦。甚至临终前他还致电袁世凯寄予殷切的期望，章士钊说他是"至死不悟"，他对袁世凯所代表的根深蒂固的专制力量实在是认识不足。

在武汉，谭人凤曾告诫他"责任内阁现时难望成功，劝权养晦，无急于觊觎总理"。他还告诉宋教仁，有秘密报告说会党头目应夔丞在北京直接与政府交涉，领有巨款，要他注意戒备。但宋教仁认为是"杯弓蛇影之事"。

在上海，陈其美也要他提防暗杀，宋教仁还笑着说："只有革命党人会暗杀人，哪里还怕他们来暗杀我们呢？"许多朋友来信要他多注意安全，他以为是谣言。3月20日，动身北上那天他到《民立报》和记者徐血儿话别，徐血儿请他防备，但他坦然地说："无妨。吾此行统一全局，调和南北，正正堂堂，何足畏惧，国家之事，虽有危害，仍当并力赴之。"

其实陷阱早已布下，他达到了他生命的顶峰，他的生命之火却即将熄灭了。时代的潮流将32岁的他无可抗拒地推向了政治的浪尖上，他虽然只是一介在野的平民，却成为万民瞩目的人物，袁不杀他，他依据约法，以国会为后盾组织内阁已成定局。不想受到制约的袁世凯在暗杀之外，找不到另外的办法阻止这一结果的发生。因此宋教仁只有为他的宪政理想付出年轻的生命了。

巨星陨落　举国义愤

　　汽车在阴影笼罩下的马路上急驰，到了医院，医生都下班了。于右任只好和值夜班护士一起扶着宋教仁进了候诊室，让宋教仁靠在长椅上等待，并且焦急地对护士说："宋先生受伤了，请快打电话给医生吧！"那个护士就随手拿起了话筒，摇了半天才接通了："喂，克尔晶大夫吧？有人受伤。……啊，什么伤？枪伤吧。……马上来。"说着，护士回过头来对于右任说："医生说，'马上就来。'请放心，不要着急！"

　　午夜12点30分，宋教仁做了第一次手术。子弹是从后面射入的，从右腰进，穿过了肾脏，穿透了大肠。子弹终于被取了出来，血流得不多，但宋教仁疼痛难忍，眉头紧皱着，嘴角在抽动，在场的人心情都很沉重。医生见他痛得厉害，就叫护士给他注射了止疼针。过了一会，宋教仁稍平静了一些，但不敢大声说话。他一手摸着伤口，另一只手拉着于右任靠近他的胸前，用极其微弱低沉的声音断断续续地说道："我疼极了，看来恐怕不行了！现在我有三件事托付给你：第一，我所有存在南京、北京及东京的书籍，全部替我捐赠给南京图书馆。第二，我本来生长于穷困人家，老母亲还在，如果我死了，只好请你们这些老朋友替我照顾！第三，对国家的事，各位仍然要积极努力，千万不要因为我死了而放弃应该负起的责任！我为了调和南北两方的关系，费尽了心力，我只希望能够有一个和平统一的中国。但是造谣生事的人不知道原委，所以有许多的误会。我虽然受些痛苦，也是值得，现在也没有什么后悔的。"于右任等人看到宋教仁这样还不忘国事，深受感动，他们强忍悲痛发誓一定要找到凶手及主谋，要为宋教仁报仇！

　　1913年3月21日，宋教仁的病情恶化，伤口已经化脓，大肠破洞处食物都流了出来，内有出血，医生与黄兴商量后，决定做第二次手术，然而并没能挽救

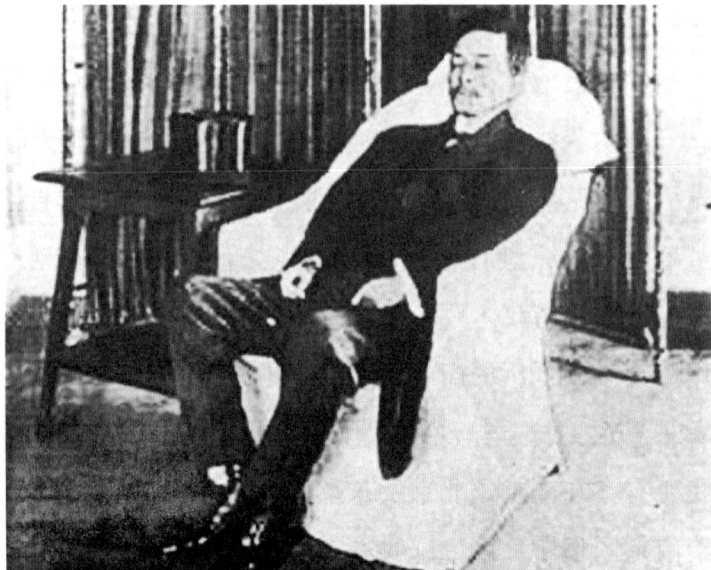

宋教仁的生命。

1913年3月22日凌晨5点，宋教仁这位爱国主义者，资产阶级革命的先驱，溘然长逝了，一颗巨星就这样陨落了。他离革命而去，离人民而去了，他走的是那样的匆忙，他一生为之奋斗的民主立宪事业还没有成功就走了。他只活了32个春秋，他还没有来得及看到杀他的凶手被擒，还没来得及认清残害他、残害革命的真正凶手的本来面目就离开了，永远地离开了……

——民主斗士宋教仁

为宪法流血的第一人

宋教仁咽下最后一口气后，两只眼睛还直视着，不肯安瞑；双拳紧握着，不肯放开。黄兴用手轻轻安抚他的眼皮，使它合上。这时在场的人们再也抑制不住悲痛的心情，放声大哭起来。陈其美在一旁哭得尤其悲恸，连连喊道："这事真不甘心！"

宋教仁之死，举国上下一片义愤。人民如此爱戴这位革命者，是谁下此卑劣毒手，把宋教仁暗杀了呢？

当时的《国民月刊》创刊号是这样写的："宋教仁在上海沪宁车站遇刺，22日不幸逝世，据查系北京政府内务部承袁世凯之意，贿买凶手所为。"但此时的袁世凯又玩起贼喊捉贼的鬼把戏，又是对宋教仁的死表示痛惜、哀悼，又是下令悬重赏捉拿凶手，以此来掩盖人们的耳目。但要想人不知除非己莫为，不久，这一重大谋杀案的真相便大白于天下了，其元凶也一个一个地被揪了出来。

3月24日，在刺杀宋案发生的第4天，持枪杀害宋教仁的矮个黑衣人武士英在租界应桂馨的住所被捉获。

武士英没有文化，他并不知道杀害的是什么人，就在一千块大洋的诱惑下，犯下了滔天罪行。被抓到巡捕房后，他承认了杀害宋教仁的犯罪事实。

经过7次公审后案情已经很明了，杀害宋教仁确是北京政府袁世凯指使在上海的大流氓头子应桂馨干的。案情大白，全国上下沸腾起来，各界人士纷纷批评、抗议北京政府，声讨杀人真凶。宋教仁的鲜血唤醒了善良的人们，在孙中山的领导下，革命党人又举起了"二次革命"的旗帜。

宋教仁是中国近代史上著名的资产阶级革命家，辛亥革命的杰出领导者和组织者之一，也是中国国民党的创始人和领袖。他怀着对祖国的无限热爱，一生为在中国建立民主共和制度，为把中国变成"驾欧挈美，雄飞大地"的独立富强国家奋斗不息，直至杀身流血。在推翻清朝腐败统治，结束延续几千年封建君主专制，缔造民主共和国方面，立下了不朽功勋。伟大的革命先驱孙中山先生曾高度称颂宋教仁："为宪法流血，公真第一人。"

宋教仁墓

陵墓布局

1914年建墓。1924年6月，在上海闸北辟地一百余亩建造陵园，称未公园。墓在公园西部，占地约九亩。墓道入口处两根饰有白色蘑菇云状的天蓝色灯柱，分列左右，中间是白色花岗石路面，墓呈半球形。墓前石碑镌刻"宋教仁先生之墓"，墓顶安放一脚踩恶蛇的雄鹰雕塑，墓园正中立宋教仁全身坐像。四周龙柏、玉兰环立，庄严肃穆。

宋教仁墓位于共和新路1555号。其实从地图上看，在共和新路以东、延长路以南、平型关路以西、洛川东路以北的那块小小的长方形绿地，是闸北公园。宋教仁墓就位于闸北公园最西侧，公园西侧围栏外就是共和新路上的公共汽车站，凡是在车站等车的乘客只要回头，就可以隔着围栏看见穹隆形的墓地以及墓顶上雕刻的那只雄鹰造型。另外，凡是驾车从南北高架延长路出口下来的人，都有机会从右侧车窗看见他的墓地。

宋教仁墓园6000平方米，墓前石座上立有宋教仁石像，基座前有章太炎书"渔父"两字，座阴有石镌于右任铭词。石像后有六级台阶，登石台，有石栏围绕；墓半球状，顶上饰一鹰，以利爪攫一蛇，寓意颇深。1981年公布为上海市文物保护单位，1995年被列为闸北区爱国主义教育基地，对青少年团体预约参观免费。

陵墓铭文

宋教仁坐像底座正面刻"渔父"两字，系章太炎篆文手迹。背面刻铭文，系于右任所书："先生之死，天下惜之。先生之行，天下知之。吾又何记？为直笔乎？直笔人戮！为曲笔乎？曲笔天诛。于乎！九泉之泪，天下之血。老友之笔，贼人之铁！勒之空山，期之良史。铭诸心肝，质诸天地。"

中华魂·百部爱国故事丛书

提　要

《誓与禁烟相始终——民族英雄林则徐》

林则徐严禁鸦片，坚决抵抗西方列强的侵略，坚持维护国家主权和民族利益。他是中国近代历史上第一位睁眼看世界的人，是抗击帝国主义殖民侵略的第一人，是中华民族抵御外侮过程中伟大的民族英雄。

《血洒虎门御敌寇——抗英将军关天培》

民族英雄关天培，在第一次鸦片战争中为了抗击英国侵略者的入侵而血洒虎门，为国捐躯，谱写了一曲可歌可泣的英雄赞歌。关天培用他的生命，书写了中国人民反抗外侮的历史。

《威震镇海靖节魂——抗敌英雄裕谦》

在第一次鸦片战争期间的众多牺牲者中，有一位官阶最高，他就是两江总督裕谦。裕谦与外国侵略者斗争立场坚定，与国内妥协派、投降派斗争态度坚决。裕谦督战镇海，与英国侵略军浴血奋战，临危不惧，以身报国，浩气长存。

《斩邪留正解民悬——太平天国领袖洪秀全》

农民出身的洪秀全，从失意文人到起义领袖，经历了长期的思想演变过程，在外敌入侵、清廷腐朽的历史环境之下，顺应时代的潮流，成长为一位非凡的历史英雄人物，建立了与清朝政府相抗衡的农民政权——太平天国。

《仰承汉唐　荟萃中外——近代数学家李善兰》

李善兰是我国19世纪重要的科学家之一，在数学、天文学、力学等方面都有重大建树。他继承我国古代数学的成就，又以极大的热情传播西方科学文化，"仰承汉唐，荟萃中外"，把自己的一生献给了科学事业。

《严谨治学　勇于探索——近代著名数学家华蘅芳》

华蘅芳，中国近代数学家之一。其精通中国古算学，并熟练掌握西方近代数学，是中国验证抛物线并著书立说的参与者。为了证明"外国有的，中国也能造"而鞠躬尽瘁，在引进西方科学技术、传播科学知识上贡献卓著。

《折冲樽俎护山河——近代著名外交家曾纪泽》

曾纪泽是中国近代史上著名的爱国外交家，在中俄伊犁交涉事件中，他秉承抵抗列强、保卫国家的坚定意志，利用外交手段全力同沙俄抗争，捍卫了国家主权、民族尊严，收回了祖国的领土，在近代中国外交史上留下了光辉的一页。

《甲午海战留英名——民族英雄邓世昌》

邓世昌，北洋水师名将。本书以邓世昌的成长过程为线索，以代表性的历史故事为主要内容，还原真实的历史事件，突出鲜明的人物性格。邓世昌因在中日甲午海战中突出的英雄气概而名垂史册，书写了伟大的爱国主义篇章。

《誓与舰队共存亡——北洋水师提督丁汝昌》

丁汝昌处在清政府的腐朽和李鸿章的专断下，难以施展爱国的抱负，壮志未酬，愤恨而终。但丁汝昌为建立近代海军作出的巨大贡献，带领北洋舰队爱国官兵勇抗强敌的英雄事迹，将永远为后代所传颂。

《镇南关上凯歌扬——抗法老英雄冯子材》

1885年中法战争中，年逾古稀的冯子材为抵御外国侵略，勇赴国难，大败法军于镇南关，并乘胜追击，接连收复文渊、谅山等地，从根本上扭转了中法战争的局面，成为近代民族英雄的杰出代表。

《屡败法军逞英豪——黑旗军将领刘永福》

刘永福是黑旗军的创建者，是农民出身的杰出军事家、政治活动家。在19世纪发生的援越抗法、中法战争中，他率部与帝国主义侵略者进行了殊死的战斗，建立了卓越的功勋，成为我国近代史上著名的民族英雄，为后世所景仰。

《矢志变法强国家——戊戌变法领袖康有为》

康有为是清末民初最有影响力的思想家之一。他领导了中国知识界的启蒙运动，掀起了一场自上而下的政体改革。他最早在中国提出了立宪政体和具体的宪政方案，主张在坚持儒家传统和帝制的前提下，学习西方经验，他的进步思想对近代中国具有深远的影响。

《开民智以报国　普新知而图强——戊戌变法思想家梁启超》

梁启超，中国近代史上著名的政治活动家、启蒙思想家、史学家、文学家，戊戌变法领袖之一。本书以百日维新思想家梁启超的成长过程为线索，以代表性的历史故事为主要内容，还原真实的历史事件，突出鲜明的人物性格。

《我自横刀向天笑——维新志士谭嗣同》

谭嗣同在民族危机的严重时刻，投身改革救中国的洪流。为了带给祖国一个光明的未来，紧要关头，他挺身而出，用自己的鲜血激励后人，把宝贵的生命献给了变法事业。

《睡乡敢遣警世钟——用生命警策国人的陈天华》

陈天华是民主革命的活动家和宣传家。他写的《猛回头》《警世钟》等书，起到了革命启蒙的重大作用。为了激发留日学生的爱国情怀，他不惜投海自杀，演出了近代史上感人至深的一幕，给后人留下了难忘的印象。

《革命军中马前卒——民主斗士邹容》

革命乃"至尊极高，独一无二，伟大绝伦之一目的"；它是"天演之公例，世界之公理，顺乎天而应乎人"的伟大行动。因此，必须"仗义群兴革命军"。他激情高呼："革命独立万岁！中华共和国万岁！"这就是《革命军》的作者，中国近代著名资产阶级革命宣传家邹容。

《休言女子非英物——鉴湖女侠秋瑾》

为民族解放和妇女解放而英勇斗争的秋瑾，冲破封建礼教的思想牢笼，打碎封建精神枷锁，崇仰真理，追求光明，主张共和，坚持男女平等，最终献出了自己年轻的生命。

《血溅校场　杀身成仁——民主斗士徐锡麟》

本书讲述了反清志士徐锡麟弃文从武、投身反清革命事业，最终被清政府杀害的故事。出于对国家的热爱，徐锡麟献出自己的生命，他的事迹将永远激励后人深切缅怀这位民主革命的先驱。

《生可死耳　我志长存——献身民主的禹之谟》

禹之谟，民主革命党人，同盟会会员，近代资产阶级革命家、实业家。1886年，20岁的禹之谟"提三尺剑，挟一卷书"游历四方，研究西方社会政治学说，忧国忧民之心日趋强烈。戊戌变法失败，他丢掉改良幻想，倡革命救亡之说，走上民主革命道路。

《物竞天择　适者生存——资产阶级启蒙思想家严复》

严复是中国近代著名的启蒙思想家、翻译家和教育家。他长期从事教育和翻译事业，为近代中国人才培养和思想启蒙作出了重要贡献，同时他也为中国的翻译事业和中西思想文化交流做出了重要贡献。

《辛亥革命急先锋——资产阶级革命家黄兴》

黄兴，清末民初资产阶级革命家，中华民国开国元勋。黄兴在武昌首义及辛亥革命时期的爱国表现，与孙中山闻名于当时，常被时人以"孙黄"并称。本书以资产阶级革命活动实干家黄兴的成长过程为线索，歌颂了先辈伟大的爱国主义精神。

《为宪法流血的第一人——民主斗士宋教仁》

宋教仁是中国近代史上著名的资产阶级革命家。他怀着对祖国的无限热爱，为在中国建立民主共和制度，实现中国的独立富强而奋斗不息，直至被刺身亡。在推翻清朝腐败统治，结束延续几千年封建君主专制，缔造民主共和国方面，立下了不朽功勋。

为宪法流血的第一人

——民主斗士宋教仁

《矢志革命　百折不回——近代民主革命家廖仲恺》

　　廖仲恺追随孙中山踏上了创立民国与捍卫共和制的旧民主主义革命之路；在新民主主义革命时期，他为建立、巩固首次国共合作和实施三大政策，英勇奋斗，为国殉职，洒尽了一腔热血。

《将军拔剑南天起——护国英雄蔡锷》

　　蔡锷是中国近代史上的杰出军事家、爱国者。他的一生短暂而伟大。辛亥革命爆发，他毅然投身于革命洪流之中，领导云南重九起义，对武昌起义积极响应。袁世凯窃国复辟、恢复帝制的阴谋暴露出来以后，他又毅然举起了武装讨袁的旗帜。

《反帝反封建运动——五四青年的爱国故事》

　　五四运动是一次伟大的反帝反封建的爱国运动；是一个伟大的历史转折点；是中国人民的斗争从挫折走向胜利的一个关节点，它为中国的前进开辟了一条全新的道路，拉开了中国新民主主义革命的序幕。

《思想自由　兼容并包——著名教育家蔡元培》

　　蔡元培是中国近现代著名的民主革命家和教育家，一生经历风雨，却始终信守爱国和民主的政治理念，致力于废除封建主义的教育制度，奠定了我国新式教育制度的基础，为我国教育、文化、科学事业的发展作出了富有开创性的贡献。

《为国家争光　为民族争气——中国铁路之父詹天佑》

　　詹天佑是我国最早的杰出铁道工程师，因主持建造京张铁路而闻名中外，被誉为"中国铁路之父"。他为祖国的铁路事业贡献了毕生的精力。本书向读者展示了詹天佑热爱祖国、科技兴国的辉煌人生。

《实业救国　衣被天下——轻工之父张謇》

　　张謇是爱国实业家、教育家。他年轻时中过状元。过了40岁，开始投身工商实业活动中，他的名言是"富民强国之本在于工"。在南通，创办大生丝厂、银行等各种实业。并将创办实业的大部分所得投入教育。他的观点是，教育和实业一样，也是"富强之大本"。

《心向革命 追求光明——平民将军冯玉祥》

冯玉祥将军"是一位从旧军人转变而成的坚定的民主主义战士"。抗日战争期间，他辗转各地，用实际行动积极抗战。日本战败投降后，他为了断绝美国的援蒋内战，又在美国四处演说，揭露蒋介石统治之黑暗，痛斥美国阴谋分裂中国的不良行为。

《刑场上的婚礼——革命烈士周文雍 陈铁军》

周文雍是广州起义的主要领导人之一。陈铁军出身于华侨商人家庭，却毅然投身革命洪流。1928年1月，两人接受派遣，回到广州假扮夫妻从事革命斗争，却不幸被捕。临刑前，两位烈士将敌人的枪声当作自己婚礼的礼炮，用生命和爱情谱写出一曲千古绝唱。

《星星之火 可以燎原——井冈山斗争的故事》

1927—1929年，毛泽东、朱德等老一辈革命家，在井冈山创建了农村革命根据地，进行了艰苦卓绝的斗争，建立了新型革命武装，点燃了工农武装革命之火，找到了农村包围城市最后夺取政权的中国革命的正确道路。

《新民学会的主要发起人——中国共产党早期革命家蔡和森》

蔡和森青年时期曾与毛泽东等人一起组织进步团体新民学会，参加五四运动，并在赴法国勤工俭学时研读大量马克思主义著作，回国后以满腔热忱投身革命事业，成为中国共产党早期重要的理论家和宣传家。

《威震黄浦江畔 高奏抗日壮歌——一·二八淞沪抗战》

面对日本侵略者的挑衅，十九路军在蒋光鼐、蔡廷锴的带领下，高举义旗，奋力一搏。一·二八淞沪抗战，是中国军人捍卫军人荣誉和祖国尊严所发出的吼声，谱写了一曲抗击日军侵略的英雄壮歌。

《将军恨不抗日死——慷慨就义的吉鸿昌》

在国难深重的20世纪30年代，吉鸿昌将军因拒绝执行国民党指示，坚决不打内战，被迫携眷出国"考察"。回国后，他加入中国共产党，组织了民众抗日同盟军，英勇打击日本侵略者，后于1934年11月被国民党反动派杀害。

为宪法流血的第一人

《献身革命　甘于清贫——梅岭忠魂方志敏》

大革命失败后，方志敏凭着两条半步枪起家，身经百战，创建了赣东北革命根据地和红十军。本书真实记录了方志敏投身革命、领导红军和敌人进行艰苦卓绝斗争的经历，歌颂了烈士贫贱不移、威武不屈、献身革命的高尚品质。

《奏响中华最强音——人民音乐家聂耳》

聂耳在他有限的生命中创作了数十首革命歌曲，在抗日救亡运动中，聂耳的这些歌曲产生了广泛深远的影响。他的音乐创作为中国无产阶级革命音乐的发展明确了方向，树立了榜样。

《横眉冷对千夫指——中国文化革命主将鲁迅》

鲁迅不但是伟大的文学家，而且是伟大的思想家和伟大的革命家。在那风雨如晦的黑暗年代里，他以笔为投枪，同一切帝国主义和反动派进行了顽强的战斗，为中国人民树立了一个不朽的丰碑。他是新文化战线上的一面光辉旗帜，是我们伟大民族的灵魂。

《碧血染将天地红——抗日女英雄赵一曼》

五四时期，赵一曼接受了进步思想，背叛了自己的家庭，反抗封建礼教，谋求妇女解放，走上了争取人民解放的道路。赵一曼在东北地区积极投身抗日斗争。在一次战斗中，她不幸被捕，受尽酷刑，大义凛然，视死如归。

106

《铁流两万五千里——红军长征的故事》

红军长征是人类历史上的一次伟大的壮举。第五次反"围剿"失败后，中国工农红军的三大主力在极端艰难的条件下，突破国民党军队的围追堵截，进行了史无前例的战略大转移，总行程达两万五千里以上。途中发生了许多动人故事，至今令人难以忘怀。

《荣辱不移革命志——创建陕北红军的刘志丹》

刘志丹是杰出的无产阶级革命家、军事家，西北红军和西北革命根据地的主要创始人之一。他一生热爱人民，追求真理，英勇善战，百折不挠，艰苦奋斗，忠心赤胆，为创建红军和革命根据地、为中国人民的解放事业建立了不可磨灭的功勋。

《英名永存北平城——爱国将领佟麟阁 赵登禹》

1937 年 7 月 28 日，日军向北平郊区发动进攻。第二十九军副军长佟麟阁奉命在南苑率部与日军苦战，腿部受伤，头部又被敌机炸伤，壮烈殉国。第一三二师师长赵登禹指挥部队顽强抵抗日军，右臂中弹负伤，仍继续作战。后在转移途中遭日军截击而牺牲。

《八百壮士 四行仓库铸军魂——谢晋元和他的战友们》

"八一三抗战"，中国军人以血肉之躯揭开全面抗战的帷幕。这是一场血战，是中国军人不屈不挠的英雄诗篇，其中的八百壮士守四行，成为这首英雄颂歌中最动人、最凄美的音符。一曲四行保卫战，铸就了不屈的军魂。

《八女投江 气贯长虹——八位抗联女战士》

抗日战争时期，以冷云为首的东北抗日联军 8 名女战士，为捍卫民族尊严，面对凶残的日寇，镇定自若，宁死不屈，投江殉国，表现了中华民族同敌人血战到底的英雄气概。她们的光辉形象，激励着千千万万的后来人。

《艰苦抗战 威震敌胆——著名抗日英雄杨靖宇》

杨靖宇将军是我国著名的抗日民族英雄。曾先后担任磐石游击队政治委员、东北抗日联军第一军军长兼政委、抗日联军总司令等职。领导军民对日寇坚持了长达 9 个年头的艰苦卓绝的斗争，最终以身殉国。

《死也不当亡国奴——镜泊抗日英雄陈翰章》

陈翰章，从 1932 年 8 月投笔从戎，直到 1940 年 12 月 8 日为抗击日本侵略者，战死在镜泊湖畔。他在抗日疆场上奋战了 9 年，他那可歌可泣的英雄事迹将为人们永世传颂。

《名将殉国 气壮山河——抗日将军张自忠》

著名抗日将领、民族英雄张自忠，生于忧患的时代，抱有"宁为百夫长，胜作一书生"的志向，经历过失败与低谷，最终成就了慷慨人生。本书主要以人物活动为主，勾画出一个真正的"民族魂"鲜活的人生，会带给读者振奋的力量。

《宁死不辱战士名——狼牙山五壮士》

1941年日寇在河北易县扫荡。为掩护群众和主力部队撤退，五位八路军战士毅然把敌人引上了狼牙山棋盘坨峰顶绝路。弹尽粮绝、无路可退，五位英雄纵身跳下了万丈悬崖，用生命和鲜血谱写出一曲惊天地泣鬼神的壮举。

《太行浩气传千古——抗日名将左权》

左权，中国工农红军和八路军高级指挥员，著名军事家。是八路军在抗日战场上牺牲的最高指挥员。名将阵亡，太行山为之垂首，全党为之悲痛。周恩来称他"足以为党之模范"，朱德赞誉他是"中国军事界不可多得的人才"。

《虎将兴关外　抗倭统雄师——抗联英雄赵尚志》

本书描写了久经考验的共产党员、东北抗联的创建者和主要领导人赵尚志，在艰苦卓绝的条件下，坚持抗战，威震敌胆，战功卓著，忍辱负重，忠贞不屈，为国捐躯的英雄故事，为青少年读者呈上一部爱国主义的佳作。

《黄埔之英　民族之雄——抗日名将戴安澜》

抗日名将戴安澜，先后参加保定、漕河、台儿庄、武汉、昆仑关等战役，作战英勇，屡建奇功；入缅作战，"扬威国外，藉伸正义"；守东瓜，复棠吉；殒身缅北，遗恨丛林，马革裹尸，成就了光辉的一生。

《爱国志士　民主先锋——新闻出版家邹韬奋》

本书讲述了邹韬奋献身新闻出版事业的奋斗历程，展现了一位新闻工作者坚定的革命信念和炽热的爱国主义精神，全心全意为人民服务、为读者服务的奉献精神，歌颂了他的高尚情操和优良品质。

《为抗战发出怒吼——人民音乐家冼星海》

人民音乐家冼星海，青年时期在巴黎求学，饱尝屈辱与磨难；学成后毅然回到多灾多难的祖国，用满腔热忱谱写激昂的音乐，鼓舞中华儿女的斗志；奔赴延安，谱写出不朽的名作《黄河大合唱》，发出中华民族抗日救亡的怒吼。

《全民皆兵　抗击日寇——抗日战争的故事》

　　中国人民进行的14年抗战，是一百多年来中国人民反对外敌入侵第一次取得完全胜利的民族解放战争。这场战争是以国共两党合作为基础，有社会各界、各族人民、各民主党派、抗日团体、社会各阶层爱国人士和海外侨胞广泛参加的全民族抗战。

《捧着一颗心来　不带半根草去——人民教育家陶行知》

　　陶行知是我国现代教育史上伟大的人民教育家、教育思想家。他从青年起就立志献身教育事业，以"捧着一颗心来，不带半根草去"的赤子之心，为人民的教育事业鞠躬尽瘁。

《为民主与和平拍案而起——民主斗士闻一多》

　　闻一多早年与梁实秋等人发起成立清华文学社。赴美留学期间由对祖国的深深眷恋而创作著名的《七子之歌》。后在西南联大任教8年，积极投身于抗日运动和争取民主的斗争，发表了著名的《最后一次讲演》。

《铁窗难锁钢铁心——革命先烈王若飞》

　　王若飞是我党早期杰出的无产阶级革命家。在艰苦卓绝的斗争中，他出生入死，屡建奇功，以超人的睿智和胆略，在敌人的监狱中，同敌人展开了殊死的较量，为抗战的胜利和新中国的诞生做出了卓越的贡献。

《横扫千军　还我河山——抗联名将李兆麟》

　　李兆麟是东北抗日联军创建人之一，他率领抗日联军历尽千难万险与日本侵略者浴血奋战，在极其艰苦的条件下，保存了抗日联军的有生力量，为东北光复做出了重大贡献。

《锄头开出新天地——解放区大生产运动》

　　为了解决困难，渡过难关，党中央号召党政军民齐动手，开展大生产运动。中国共产党在其控制区域内发动的一场军队屯田和鼓励生产的群众运动，达到了自己动手丰衣足食，共度难关，既进行革命又进行生产自足的目的。

《生的伟大　死的光荣——女英雄刘胡兰》

刘胡兰，坚贞不屈的少年女英雄。生前对我国劳动人民的解放事业无限忠诚，在敌人威胁面前，大义凛然，毫无惧色，英勇牺牲，表现了共产党员的高贵品质。

《饿死不领美国救济粮——爱国知识分子的楷模朱自清》

朱自清作为爱国知识分子的典型，以锐利的笔锋直言痛斥反动政府的暴行，体现了他崇高的爱国情怀和不畏恶势力的精神品格。毛泽东曾给朱自清先生以高度评价："一身重病，宁可饿死，不领美国的'救济粮'"，"表现了我们民族的英雄气概"。

《为了新中国　前进——舍身炸碉堡的董存瑞》

伟大的英雄，中国人民的儿子董存瑞，从儿童团长成长为一名光荣的解放军战士，在1948年解放隆化县城时，舍身炸碉堡，为新中国献出了自己年轻的生命。他的英雄形象永远留在人民心里。

《宁死不屈的共产党员——革命烈士江竹筠》

江竹筠，就是著名的江姐。1947年春，她负责《挺进报》工作，只几个月的时间，报纸就发行到1600多份，引起了敌人的极大恐慌。由于叛徒出卖，江姐不幸被捕，惨遭毒刑的残酷折磨，仍坚贞不屈。最后被特务秘密枪杀，年仅29岁。

《抗美援朝　保家卫国——志愿军的战斗故事》

抗美援朝战争是中国人民志愿军为援助朝鲜人民、保卫祖国安全，与美国为首的"联合国军"发生的战争。在朝鲜牺牲的十几万名志愿军烈士，他们英勇的战斗事迹、保家卫国的精神值得我们发扬光大。

《上甘岭上壮烈歌——黄继光和他的战友们》

在1952年10月的上甘岭战役中，黄继光和他的战友们在零号阵地半山腰被敌机枪火力点压制，此时，黄继光身上已经多处负伤，手雷也已全部用光。为了完成任务，减少战友的伤亡，他用自己的胸膛堵住正在扫射的敌机枪射孔，为反击部队扫清了前进的道路。

《丹青书壮志　一生傲骨存——著名画家徐悲鸿》

在现代中国美术教育史上，徐悲鸿是兼采中西艺术之长的现代绘画大师，前驱式的美术教育家。作为中国现代美术的奠基人，在抗战的日子里，徐悲鸿用自己独特的方式支持了中国革命事业，培养了一大批美术人才。

《诗书印画　全入神品——国画大师齐白石》

齐白石出身贫寒，做过农活，当过木匠，后改学雕花木工，从民间画工入手，摹古人真迹，学诗文书法，融汇古今，而诗、书、印、画俱佳；他将中国画的精神与时代的精神统一得完美无瑕，使中国画得到国际的重视，无愧于"国画大师"的称号。

《毕生为文化而奋斗——中国第一出版家张元济》

张元济参与、主持和督导商务印书馆近六十年，使其从简单的印刷企业转变为当时中国教育出版的旗帜。张元济一生爱书，在中华大地动荡不安的年代里，他用自己对文化的热爱，续存着中华民族灿烂悠久的文明之光。

《独树一帜　梨园大师——著名京剧表演艺术家梅兰芳》

梅兰芳，京剧大师，演唱风格独树一帜，世称"梅派"。曾先后赴日本、美国、苏联演出，并荣获美国波摩那学院和南加州大学的荣誉文学博士学位。作为一位爱国者，抗战期间蓄须明志，拒绝为日本人演出，为后世称颂。

《华侨旗帜　民族光辉——爱国侨领陈嘉庚》

陈嘉庚是著名的爱国华侨领袖、企业家、教育家、慈善家、社会活动家。他为辛亥革命、民族教育、抗日战争、解放战争、新中国的建设做出了卓越的贡献。生前被毛泽东誉为"华侨旗帜、民族光辉"。

《向雷锋同志学习——伟大的共产主义战士雷锋》

雷锋，一个平凡而伟大的共产主义战士，一心向着党，一生秉承着全心全意为人民服务、无私奉献的崇高思想；发扬刻苦学习和钻研理论的"钉子"精神；坚持勤俭节约、艰苦奋斗的优良作风。毛泽东为其题词："向雷锋同志学习。"

——民主斗士宋教仁

为宪法流血的第一人

《人民的好公仆——县委书记的好榜样焦裕禄》

焦裕禄，被誉为县委书记的好榜样。他用自己的革命精神，展开了与大自然、与社会落后现象、与病魔的多重抗争，让我们领略到一个共产党人的生之伟大、死之壮美的人格品质和具有现实教育意义的精神魅力。

《文学巨匠　京味大师——人民作家老舍》

老舍是我国现代小说家、文学家、戏剧家。他用融入骨髓的真诚文字反映生活的喜怒哀乐。老舍的一生，总是在忘我地工作，他是文艺界当之无愧的"劳动模范"，生前被北京市人民政府授予"人民艺术家"的称号。

《革命老人——无产阶级教育家徐特立》

徐特立是一代伟人毛泽东的老师。他出生在贫苦家庭，大部分时间生活在动荡艰苦的年代；他刻苦勤奋，不畏艰辛，追求光明，一生勤俭，为革命培养了大量的人才；他对党和人民任劳任怨，鞠躬尽瘁。他坎坷奋斗的一生，留下了许多可歌可泣的故事。

《人生能有几回搏——新中国第一个世界冠军容国团》

容国团先后担任中国乒乓球队运动员、女队主教练。获得1959年男子单打世界冠军；1961年夺得男子团体世界冠军；作为中国女队主教练，1965年率女队第一次夺得女子团体世界冠军。他的"人生能有几回搏"的豪言，举国传诵。

《石油工人一声吼　地球也要抖三抖——铁人王进喜》

王进喜，新中国第一批石油钻探工人。他为祖国石油工业的发展和社会主义建设立下了不朽的功勋，在创造了巨大物质财富的同时，还给我们留下了宝贵的精神财富——铁人精神。他被评为"百年中国十大人物"，写入中华民族的光辉史册。

《做人民需要我做的事——著名地质学家李四光》

李四光是一位伟大的科学家，他一生从事地质学研究工作，足迹遍布祖国的山川，为祖国探明了许多地下宝藏；他创建了崭新的学说——地质力学；他历尽重重困难，为正确认识地质构造开辟了一条新路。

《中国化学工业的先驱——著名化学家侯德榜》

为摆脱纯碱需要进口的窘况，20世纪初，怀着"实业救国"梦想的中国化工先驱侯德榜等人创办了永利碱厂，并立志生产出中国人自己的碱。1926年，永利碱厂终于成功地生产出"红三角"牌纯碱，从此中国制碱业得以跨入世界先进行列。

《毕生求是　一丝不苟——著名科学家竺可桢》

著名科学家竺可桢献身科学研究；治学严谨，一丝不苟；一生廉洁，两袖清风；作风民主，爱护学生。他以爱国之心、报国之志，从一个民主主义者逐渐成长为一个共产主义战士。

《热爱自然的大地之子——著名植物学家蔡希陶》

蔡希陶，五十载风雨，五十载坎坷，五十载奋斗，五十载开拓，为了发现对人类生产、生活有用的植物及新物种的引进而做出巨大贡献，在中国的植物资源学史上将永远镌刻着他的名字。

《高洁无私的襟怀——知识分子的楷模蒋筑英》

蒋筑英是中国当代知识分子的先锋典范，他不为名，不为利，尊重科学；他以坚忍的毅力和顽强的作风，在科学的道路上呕心沥血，鞠躬尽瘁，无私地奉献了青春和生命。

《迎接新生命的天使——卓越的妇产科专家林巧稚》

林巧稚是国内外享有盛誉的妇产科专家。在五十多年医学教育和临床实践中，林巧稚亲自接生了五万多婴儿，治愈了数千病人，培养了数以百计的专门人才，为我国的妇女儿童事业作出了不可磨灭的贡献。

《独自成千古　悠然寄一丘——国画大师张大千》

张大千是20世纪中国画坛最具传奇色彩的国画大师，无论是绘画、书法、篆刻、诗词无所不通。在艺术界深得敬仰和追捧，艺术家们用真挚的感情，用绘画和雕塑展现了"张大千"多彩的艺术形象。

《建造中国的通天塔——著名数学家华罗庚》

中国当代著名数学家华罗庚，为中国数学的发展作出了无与伦比的贡献，他是中国解析数论、典型群、矩阵几何等多方面研究的创始人与开拓者，也是我国最早将数学理论研究与生产实践紧密结合的科学家。

《问鼎长天　强我国威——两弹元勋邓稼先》

邓稼先是我国著名科学家，参加组织和领导我国核武器的研究、设计工作，从对原子弹、氢弹原理的突破和试验成功及其武器化，到新的核武器的重大原理突破和研制试验，作出了重大贡献。是我国核武器理论研究工作的奠基者之一，被誉为"两弹元勋"。

《敢叫天堑变通途——桥梁专家茅以升》

中国著名的桥梁专家茅以升从小立志为祖国建造桥梁，经过不懈努力，他不仅设计建造了一座座宏伟壮观、坚固实用的道路桥梁，而且搭建了一座座友谊之桥，为祖国建设作出了卓越贡献。

《蘑菇云之梦——核物理学家钱三强》

被誉为"中国原子弹之父"的核物理学家钱三强，更名后立志于科技报国；24岁投师于世界著名核物理学家居里夫妇；与夫人何泽慧合作，发现铀的"三分裂""四分裂"现象；统领我国的原子大军，做了大量创造性工作。

《两离桑梓地　满怀雪域情——领导干部的楷模孔繁森》

孔繁森，是一位一尘不染、两袖清风的好干部。两次进藏工作，历时十载，为西藏的建设、发展和稳定作出了突出的贡献。1994年11月，孔繁森不幸以身殉职。人民群众称他为新时期领导干部的楷模。

《摘取数学皇冠上的明珠——著名数学家陈景润》

陈景润是享誉世界的著名数学家，为了证明"哥德巴赫猜想"，他以惊人的毅力在数学领域里艰苦跋涉，终于攻克了世界著名数学难题"哥德巴赫猜想"中的"1＋2"，创造了中国乃至世界数学史上的辉煌。

《学术独步　饮誉四海——享有国际威望的科学家卢嘉锡》

卢嘉锡是一位在国际科学界享有崇高威望的物理化学家、化学教育家和科技组织领导者。1945年，卢嘉锡满怀"科学救国"的热忱回到祖国，对中国原子簇化学的发展起了重要推动作用，他所指导的新技术晶体材料科学研究，也取得了重大成绩。

《德艺双馨　梨园楷模——著名豫剧表演艺术家常香玉》

常香玉1941年赴陕甘演出。1948年在西安创办香玉剧社。1951年为支援抗美援朝，率剧社巡回西北、中南、华南各地演出，以演出收入捐献"香玉剧社号"战斗机一架，素有"爱国艺人"之誉。

《文学大师　激流勇进——著名作家巴金》

本书以巴金生平和主要事迹为线索，回顾和展示现代著名作家巴金的一生，以期让人们看到巴金在这风云变幻的100年中，有过成功的欢欣，有过屈辱的磨难，有过痛苦的忏悔，有过平静的安宁。巴金的人生，映照着一代中国"五四"知识分子坎坷而不平凡的命运。

《壮心系科学　孜孜为国昌——理论化学家唐敖庆》

本书讲述了唐敖庆从出国求学、学业有成、回国任教，到服从安排、艰苦工作、刻苦钻研，最终成为中国量子化学奠基者的过程。让人们看到了这位著名化学家的赤心爱国、严谨治学、大公无私的崇高品格和科研上的卓越成就。

《中国导弹之父——著名科学家钱学森》

当第一颗原子弹升空的时候，当中国的人造卫星奏响《东方红》的时候，当中国运载火箭腾空而起的时候，当中国研制的导弹准确命中目标的时候，人们都会联想起他的名字：中国导弹之父钱学森。

《中国近代力学的奠基人——著名科学家钱伟长》

钱伟长曾以中文和历史两个100分的成绩考入清华大学。九一八事变后，钱伟长毅然放弃了文科的学习而转为理科。他是中国近代力学、应用数学的奠基人之一，在固体力学、流体力学以及航空航天领域，取得了卓越的成就，为新中国的现代化建设付出了毕生的精力。

《中国光学科学的奠基人——著名科学家王大珩》

王大珩是我国著名的科学家，中国光学科学的奠基人。他先在清华就读，后赴英国求学，学业有成，立志科学救国，其成就享誉神州。他以科学的求是精神和赤诚的爱国情怀，探索着中国光学发展的闪光之路。

《从苦孩子到大明星——著名舞蹈家陈爱莲》

陈爱莲出生在上海，1952年从孤儿院考入中央戏剧学院附属舞蹈团学习班，1959年因主演了中国第一部芭蕾舞与中国舞蹈相结合的舞剧《鱼美人》而一举成名。如今，陈爱莲从事舞蹈艺术工作已超过半个世纪，却依然"青春常在，功夫不减"。